Recettes d'architecte

La chambre

Marie-Pierre Dubois Petroff

massin

16-18, rue de l'Amiral-Mouchez
75686 Paris Cedex 14
Téléphone : 01 45 65 48 48

Nous y passons un tiers de notre vie et pourtant la chambre reste le parent pauvre de la décoration de la maison. Il est vrai que nous y sommes le plus souvent inconscients du décor qui nous environne, sommeil oblige. Le manque d'espace la fait cependant évoluer pour devenir, dès que cela est possible, une pièce à vivre aux fonctions multiples : salle de bains, rangements, bureau... ce qui ne signifie pas qu'il faille la négliger quand elle se cantonne à son rôle initial. Les moments qui précèdent et suivent notre sommeil sont en effet essentiels à notre bien-être et propices à la détente ou la réflexion. D'où la nécessité d'attacher une véritable importance à la chambre à coucher.

La chambre, citadelle de la vie privée

A l'opposé du séjour, véritable façade de ce que nous sommes ou de ce que nous voulons paraître, la chambre demeure la pièce intime par définition. On n'y pénètre pas sans y avoir été invité, sous peine de violer la vie privée de ses occupants. L'embarras ressenti est lié à la présence du lit, témoin des ébats amoureux mais aussi des rêves et des pensées les plus secrètes. C'est sans doute pour cette raison que les lits se déguisent en canapé lorsqu'ils s'installent dans le séjour ou que la chambre devient un lieu de vie. Quel que soit son style, celle-ci demeure un lieu réservé, consacré à la vie privée. C'est dans leur chambre que les jeunes enfants affirment leur identité, que les adolescents expriment leur révolte et que les adultes recherchent la tranquillité. Idéalement, une chambre doit révéler la personnalité de son occupant et il n'y a rien de plus ennuyeux qu'une chambre banale et sans caractère, un peu comme certaines chambres d'hôtel...

Un espace à exploiter

Réserver une pièce entière à une chambre à coucher consacrée au sommeil semble un peu paradoxal quand la surface des logements tend à diminuer et que les m^2 sont comptés. Par ailleurs, la pièce en question est souvent d'une surface moyenne et offre peu de possibilité d'aménagement une fois qu'un lit double est mis en place. Que faire pour que la chambre ne soit pas une pièce désertée dans la journée ? Les lits escamotables ou rabattables ne sont pas des solutions très pratiques au quotidien, leur manipulation s'avérant souvent laborieuse. Par contre, le lit peut être mobile (de grosses roues feront l'affaire) de façon à se caler dans un angle de mur pendant la journée, quitte à se charger de coussins pour se transformer en canapé. Notez que, lorsqu'elle n'est pas temporaire, cette implantation n'est pas pratique car elle est inconfortable pour l'un des

SONGES
TAPIES

conjoints qui doit se passer de chevet ou tout simplement pour faire le lit. L'ouverture sur d'autres pièces, la salle de bains en particulier, est un bon moyen d'offrir plus d'espace, à l'une comme à l'autre.

Un style à définir

Il n'y a pas de chambre idéale, chacun ayant des besoins et des goûts différents, mais on retrouve en chacune d'elles deux tendances plus ou moins affirmées selon la personnalité de chacun. La première concerne le souci d'hygiène, la chasse à la poussière et aux microbes. Apparue à la fin du XIXe siècle avec la découverte de ces derniers, cette tendance s'est naturellement calmée pour réapparaître dans les années 80 avec la découverte de la présence des acariens dans la plus petite plume d'oreiller ou le moindre poil de moquette. Rendue responsable du développement des allergies, celle-ci s'est d'ailleurs injustement vue exclue de la chambre, les allergies ayant continué à se développer en parallèle à la chute des ventes de moquettes. Associé à l'idée de pureté et d'innocence, le sommeil réclame spontanément une atmosphère saine et apaisante. Parallèlement, la chambre exprime une certaine sensualité, évocatrice de la vie sexuelle qui s'y déroule, expliquant la gêne ressentie par certains à montrer cet univers privé, comme s'ils dévoilaient une part intime de leur personnalité.

Le lit, un symbole affaibli

Lorsque l'on parle du lit de la chambre, on parle en fait du sommier et du matelas. Il n'est plus question aujourd'hui de lit nuptial richement décoré, de baldaquin couvert de soieries ou de lit clos coquin. Acheter un lit relève davantage d'une démarche pratique et sanitaire que d'un quelconque romantisme. Les préoccupations concernent les traitements anti-microbes, anti-acariens ou anti-tâches, la dureté du matelas ou la couleur du coutil. Rien ou presque ne concerne le lit proprement dit. Pourtant le baldaquin reste le plus romantique des lits, même en version moderne, et le lit clos garde son esprit coquin. Les lits anciens ont leur charme, mais nécessitent parfois la réalisation d'une literie sur mesure. N'hésitez pas à chiner et à transformer, de façon à créer votre propre lit, unique.

Chambre et style de vie

Un sommaire thématique se trouve également sur le rabat à la fin du livre.

La chambre dressing

Simple linéaire de rangements ou espace à part entière intégré à la chambre, le dressing offre un confort quotidien indiscutable. Son caractère pratique s'additionne d'une qualité esthétique essentielle qui détermine parfois l'agencement de la pièce grâce à des implantations astucieuses.

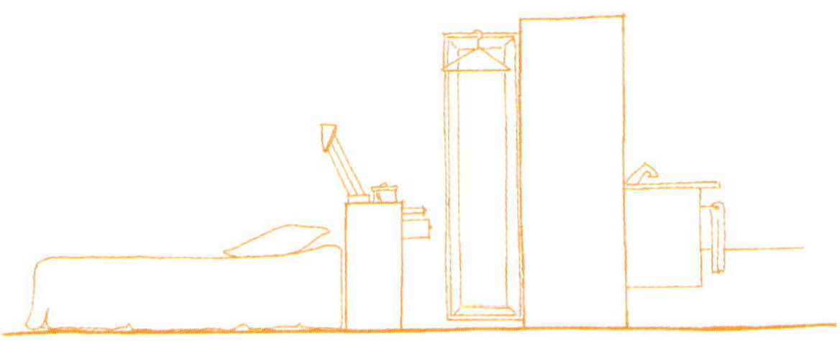

Deux grandes commodes s'accolent pour composer une tête de lit spacieuse et fonctionnelle. En libérant les murs et les soupentes, l'implantation centrale du dressing préserve la belle harmonie du volume de ce comble.

L'implantation du dressing devient le point de départ d'un agencement fonctionnel qui regroupe deux commodes et des penderies spacieuses. Ces dernières auraient pu s'appuyer contre un mur mais, encadrées de carreaux de plâtre, elles dissimulent la salle de bains attenante.

La chambre dressing

Qui n'a pas rêvé de disposer au cœur de sa chambre de rangements spacieux, d'admirer l'alignement de ses paires de chaussures sur des tablettes ou de ses chemises sur des cintres ? La vision de piles de vêtements soigneusement pliés garde curieusement un caractère reposant voire rassurant. Image des armoires d'autrefois parfumées à la lavande, parfum d'enfance ou souvenir de famille… autant d'évocations qui enrichissent le caractère pratique de ces rangements que notre société de consommation rend de plus en plus indispensables.

L'esprit d'ouverture

Dans sa version la plus simple, le dressing se contente d'un linéaire adossé à un mur. L'exploitation de toute la longueur disponible permet de traiter séparément son agencement intérieur et sa fermeture. Etagères et penderies se répartissent en fonction des besoins tandis que la fermeture devient une simple façade. Economique, la mise en place d'un rideau suspendu sur un câble tendu ou une tringle fixée au plafond offre une solution simple dont le caractère esthétique contribue à la décoration de la pièce. Eventuel apport de couleur, il atténue la résonance de la chambre en offrant une surface absorbante aux sons et autorise une vision globale de l'aménagement grâce à une ouverture totale. Ce dernier avantage n'est offert par aucun système de porte. En effet, les portes coulissantes n'autorisent qu'une ouverture partielle, une partie égale à la largeur des panneaux étant toujours occultée. Les portes traditionnelles ouvrantes "à la française" et les portes pliantes offrent plus d'ouverture mais leur caractère pratique est entamé par l'encombrement nécessaire à leur manipulation.

Une implantation réfléchie

La pièce entièrement consacrée au dressing et attenante à la chambre reste une exception réservée à quelques privilégiés et le plus souvent le problème consiste à intégrer ces indispensables rangements dans la chambre. Ainsi, des armoires peuvent remplacer une cloison séparative entre chambre et salle de bains ou chambre et bureau. S'interrompant avant le plafond, elles permettent une ouverture visuelle sur la pièce attenante, offrant ainsi une sensation d'espace supplémentaire. Implantés en tête de lit contre un mur, elles offrent des rangements dont l'exploitation est optimisée par des systèmes télescopiques. L'accès se fait alors latéralement, de part et d'autre du lit. Pour ne pas être trop massif, ce type de rangement ne doit pas excéder 30 à 40 cm de profondeur et concerne de préférence des vêtements pliés. Quand la surface de la pièce l'autorise, ce genre d'implantation peut s'effectuer au centre de la chambre, délimitant ainsi un espace réservé au dressing derrière la tête de lit.

Conçue comme un simple panneau, la cloison dissimule un espace consacré aux rangements. Une telle disposition permet de faire des économies car les meubles peuvent se passer de portes, toujours coûteuses.

Le sens de la mesure

Qu'il s'agisse d'un véritable dressing à l'anglaise ou d'un simple linéaire de rangement, il est indispensable de connaître quelques dimensions utiles. Ainsi, 58 cm est la profondeur intérieure minimale d'une penderie et 30 cm celle d'une étagère destinée aux vêtements pliés. 160 cm sont nécessaires pour suspendre des vêtements longs (l'idéal étant de prendre le vêtement le plus long de votre garde-robe et d'y ajouter 10 cm pour le cintre), tandis que 120 cm suffisent pour des vêtements courts de type chemises, vestes ou pantalons. Des chaussures nécessitent des étagères profondes de 30 cm, une hauteur de 15 cm si elles sont masculines et 20 cm pour des escarpins féminins. Les tiroirs se contenteront d'une profondeur de 15 cm pour accueillir les sous-vêtements, les chaussettes et les accessoires (une profondeur supérieure est source de désordre). Enfin, évitez les piles trop hautes qui écrasent les vêtements et éliminent l'effet du repassage. Contentez-vous d'environ cinq articles par pile, soit un espacement de 25 cm entre les étagères.

Gardez les étagères situées entre la taille et la hauteur des yeux pour les vêtements d'usage quotidien, laissant les plus hautes pour les équipements saisonniers ou occasionnels. Standardisez les accessoires (cintres, boîtes) : tous identiques, ils prendront moins de place.

Un renfoncement créé par la condamnation d'une porte devient l'occasion d'aménager un dressing astucieux, mariant les profondeurs de rangement sans trop empiéter sur la pièce.

Le plus souvent une grande hauteur sous plafond est un inconvénient pour une chambre à coucher car elle accentue la sonorité de la pièce et nuit à son caractère chaleureux. La création d'une mezzanine, ici consacrée au dressing, "habille" le volume tout en offrant une alcôve au lit.

Le bois

C'est le matériau incontournable de la décoration. Son travail, fruit de savoir-faire ancestraux et de techniques sophistiquées plus récentes, donne naissance à des ouvrages d'exception comme à des réalisations très simples le rendant ainsi accessible au plus grand nombre. Chaleureux, il s'adapte à tous les styles, du rustique au contemporain, et se décline en de nombreuses essences et finitions.

Traditionnel, le chêne

Le chêne européen est un bois dur et résistant. Son fil est droit, sans ondulation importante. On le reconnaît à sa teinte variant du brun jaune au fauve clair. Son grain est grossier et ses planches sur quartier présentent de nombreuses stries. On l'utilise en menuiserie intérieure ou extérieure, et ne nécessite pas de protection particulière pour cette dernière. Une lasure ou un vernis retarde cependant son jaunissement. A l'intérieur, c'est en charpente, parquet et escalier qu'il s'épanouit le plus. Taché par les métaux ferreux, on prend soin d'utiliser des vis et des clous non oxydables lorsqu'il est placé en ambiance humide.

Généreux, le châtaignier

Arbre à pain des campagnes au sol ingrat, le bois de châtaignier multiplie les usages, du piquet au meuble, en passant par les tonneaux et les charpentes. Il ressemble beaucoup au chêne, possède le même fil droit mais est cependant plus terne. Ses caractéristiques sont voisines de celles du chêne mais il est néanmoins plus élastique et se fend plus facilement. Sa forte teneur en tanin le protège naturellement des insectes xylophages et des champignons mais le rend sensible à l'eau qui le tache facilement. On prend donc soin de le protéger avec un bouche-pores ou un fondur.

Matériau vivant, le bois est susceptible de se déformer sous l'effet d'une variation de température ou d'hygrométrie. Il est nécessaire d'en tenir compte dans la conception d'un projet et de prévoir des joints creux ou des jeux de quelques millimètres qui permettront d'absorber ces déformations.

Réalisées sur mesure en 20 cm de largeur et 1,8 cm d'épaisseur, les planches de chêne américain composent un isolant très efficace pour cette chambre située sous les toits.

Installé en fond de rampant, le meuble tête de lit est réalisé en placage de platane. Il est suffisamment profond pour offrir de spacieux rangements et une hauteur plus confortable aux abords du lit.

Contemporain, le hêtre

Dense et homogène, le bois de hêtre est rigide et se fend difficilement, mais a une légère tendance à la déformation. Facile à cintrer, il s'épanouit de préférence dans des utilisations intérieures, sa durabilité naturelle étant plutôt faible. On le trouve dans de nombreuses utilisations, du parquet aux manches d'outils, mais on évite de l'utiliser en pièces articulées (portes et tiroirs) car il est sensible aux variations hygrométriques. Du blanc au brun très pâle, le bois de hêtre est peu veiné et possède un grain très fin qui facilite son ponçage.

Accessibles, les pins et sapins

On distingue le pin sylvestre, léger et tendre s'il a poussé en plaine, mi-lourd et mi-dur s'il a grandit en montagne. Son veinage est assez marqué, son fil généralement droit et son grain fin à moyen selon sa vitesse de croissance. Sa résistance et sa rigidité sont moyennes mais son aubier facilement imprégnable se prête volontiers aux traitements pour les utilisations extérieures. Il devient stable après un séchage facile et rapide. Très proche du pin sylvestre, le pin maritime (ou pin des Landes) a cependant un veinage plus marqué et un grain plus grossier. Ses qualités sont similaires, voire légèrement inférieures. Par contre, il est moins fissible que la plupart des résineux. Typiques des régions montagneuses, le sapin et l'épicéa présentent des caractéristiques communes. Tous deux ont un fil droit et un grain fin, sont tendres et légers et possèdent d'excellentes propriétés mécaniques pour leur poids.

Séduisants, les bois exotiques

Teck, iroko, merbau, wengé ou ipé sont aujourd'hui des bois très présents dans la décoration intérieure. Rendu célèbre par la construction navale, le teck s'épanouit à l'extérieur et dans les salles de bains. Meilleur marché, l'iroko varie du brun jaune au brun rouge en adoptant parfois des nuances dorées. Très résistant, il n'égale cependant pas l'ipé, d'une dureté exceptionnelle mais difficile à travailler. Les bois exotiques, souvent imputrescibles, ont introduit avec eux la finition huilée qui remportent de nombreux suffrages. Celle-ci s'applique aujourd'hui sur de nombreux bois auxquels elle garde un aspect naturel très recherché.

Atmosphère sobre et raffinée pour cette chambre qui associe le bois brut des planches composant les portes des placards et le cachemire précieux du jeté de lit.

Claire et lumineuse, la chambre s'habille de bardeaux de pin lasuré qui composent le lit et le soubassement mural. L'épaisseur de ce dernier est suffisante pour y poser quelques cadres et objets décoratifs.

DÉCORATION

Les ciels de lit

Leur nom est à lui seul un appel à la rêverie, au romantisme et à l'exotisme. Sous cette appellation se regroupent les différents systèmes décoratifs destinés à encadrer, voire envelopper le lit, lui offrant ainsi un raffinement et une intimité supplémentaires. Ils sont le prétexte de toutes sortes de création dont le charme accorde à la chambre un caractère supplémentaire.

Un héritage historique

Côté vocabulaire, on définit le baldaquin comme une structure légère suspendue au-dessus du lit, tandis que le ciel de lit est un dais (toit de tissu) placé au-dessus du lit. Le lit à baldaquin devenant le plus souvent le support de textiles et de voilages, l'amalgame avec les ciels de lit se fait naturellement. Exclusivement décoratifs, les ciels de lit d'aujourd'hui sont le fruit d'un véritable héritage historique. En effet, installés dans l'unique pièce de la maison, les premiers lits étaient clos, à la fois pour préserver l'intimité et conserver un maximum de chaleur. Sous Louis XIV et Louis XV, la noblesse fait de la chambre un véritable lieu de réception dont le lit est l'élément essentiel. Fastueux, il est noyé sous une débauche de soieries et de satin, intégré dans une alcôve, environné de colonnes ou surplombé d'un dais. C'est un lit théâtral, conçu pour être montré et faire étalage de sa fortune. C'est la Révolution française qui balaie ce luxe excessif, le XVIIIe siècle qui isole définitivement la chambre à coucher des pièces à vivre de la maison et le XIXe siècle qui consacre la chambre conjugale en la distinguant des chambres d'enfant et d'amis. Cependant, si la bourgeoisie a abandonné les fastes de la noblesse, elle en a gardé quelques habitudes comme celle de faire du lit le centre de la pièce et de le sacraliser par des éléments de décoration.

La réalisation d'un dais fixé au mur est un astucieux moyen d'habiller un pan de mur important et un peu écrasant au-dessus du lit. Réalisé dans la même teinte que le jeté de lit, il compose avec lui en ensemble qui offre du caractère à la pièce.

Une fantaisie créative

Si les alcôves, les lits posés sur des estrades ou environnés de colonnes demeurent aujourd'hui des démarches peu fréquentes, les ciels de lits restent l'élément décoratif auquel on fait le plus volontiers appel lorsqu'il est question d'accorder au lit un caractère décoratif supplémentaire. Toutes les fantaisies sont permises ainsi que de nombreux systèmes d'accrochages. De simples barres suspendues au plafond, en fer forgé, en bois ou en bambou, permettent de suspendre des pans de tissu ou des rideaux. Elles se fixent de façon à déborder l'aplomb du lit de part et d'autre pour faciliter le tomber des textiles et ne pas empiéter sur la surface du lit. En l'absence de barres de suspension, un ciel de lit peut fort bien s'accrocher par ses quatre angles sur des points d'attache fixes. Un ciel de lit peut s'accrocher au mur, au-dessus de la tête de lit. L'effet décoratif reste mural car le lit n'est pas couvert par un dais, ce qui convient volontiers aux personnes séduites par le charme des ciels de lit mais embarrassées par une sensation de claustrophobie. Enfin, version exotique du ciel de lit, la moustiquaire devient elle aussi un élément décoratif dont le caractère romantique est très apprécié des toutes jeunes filles. Conçue en voilage de tulle, elle est suspendue en un seul point, mise en forme par un cerceau, ou conçue comme un ciel de lit, reposant sur une structure. Sa conception repose alors sur un jeu de panneaux croisés de telle sorte que l'entrée dans le lit n'ouvre pas le passage aux moustiques.

Atmosphère de mille et une nuits pour ce ciel de lit qui mêle des voilages irisés à des guirlandes scintillantes, l'évocation étant encore renforcée par l'harmonie de couleurs.

Les ciels de lit

Simplicité absolue pour ce baldaquin simplement composé de deux tiges de fer forgé scellées dans les murs et suspendues au plafond. Un unique pan de tissu est élégamment "jeté" sur l'armature et compose cet ensemble harmonieux.

Le lit à baldaquin devient l'élément fort du décor grâce à une mise en couleur audacieuse, reprise pour les rideaux qui camouflent un placard. Astucieux, un bouquet de bambous se mêle de tissu assorti pour dissimuler habilement des compteurs disgracieux.

Un peu d'exotisme avec ce dais entièrement composé de toile dite "à beurre". Ce baldaquin souple est simplement suspendu aux quatre coins par des crochets vissés à la charpente.

Le gain de place

Le seul pan de mur disponible pour créer des placards est aussi celui contre lequel s'appuie le lit ? Peu importe, les placards sont créés et dissimulés derrière des rideaux chatoyants assortis à l'harmonie du lit. Seules les portes centrales sont conservées pour offrir un appui à la tête de lit.

Calé dans un angle de la pièce, ce lit à la japonaise repose sur un podium en bois qui intègre deux grands tiroirs sur roulettes. Pour rester pratiques et facilement extractibles, les tiroirs n'occupent pas toute la largeur du lit. Le volume du podium restant est cependant accessible grâce à la création de trappes dans le sommier à lattes.

La mobilité des meubles peut devenir source de gains de place. Fixés sur des roulettes, ils se glissent les uns sous les autres, se promènent pour libérer la place. Escamotables, ils se font oublier en dehors des périodes d'utilisation, s'emboîtent sous un meuble ou un lit ou se rabattent contre le mur.

Les tiroirs implantés sous le lit trouvent toujours de nombreuses fonctions de rangement. Pour faciliter la circulation, il est préférable de les concevoir en retrait et d'éviter les poignées débordantes.

Toutes les chambres ne sont pas spacieuses, et y intégrer un lit, des rangements et parfois un bureau relève de la performance. Astuces et sens pratique sont alors les bienvenus pour exploiter au mieux l'espace disponible.

Autour du lit

Les aménagements autour du lit concernent principalement les chevets, la tête de lit, et l'espace situé sous le lit. Bien pensé, chacun d'eux peut se révéler une source de rangement très utile quand la chambre n'est pas grande. Quand la place manque, mieux vaut épurer et réduire au maximum le nombre de meubles. Les premiers concernés sont les chevets. Petits meubles peu généreux en rangement, ils sont utiles pour poser une lampe et quelques livres, et s'encombrent souvent de beaucoup plus ! Une tête de lit astucieusement conçue peut avantageusement les remplacer en intégrant des éclairages, des rangements, et des étagères ouvertes composant une petite bibliothèque. Sous-exploité, l'espace situé sous le lit se contente souvent de quelques boîtes de rangement glissées négligemment pour se faire oublier. Pourtant, le potentiel de cet espace n'est pas négligeable : une surface de plus de 3 m^2 sur une hauteur moyenne de 15 cm. Le plus logique consiste à créer des tiroirs plus ou moins longs ou profonds selon les cas. Ces tiroirs peuvent contenir une multitude de choses, du linge de maison aux chaussures en passant par les vêtements. Dans certains cas la literie se résume à un matelas. Celui-ci peut alors se poser sur une structure plus élaborée conçue à cet effet. Plus haute elle pourra varier les modes de rangement (portes, étagères ouvertes...) et en proposer en plus grand nombre.

Exploiter les hauteurs

Les placards de rangement ou les étagères s'interrompent souvent à environ 2 mètres du sol. Pourtant, les plafonds se situent rarement à moins de 2,40 m de hauteur et les dépassent parfois largement. Cette tranche située au-dessus des 2 mètres peut être source de nombreux rangements : ouverts pour des rayonnages de livres, pour des archives de dossiers, pour le stockage de boîtes de rangements... ou fermés pour des vêtements saisonniers ou du linge de maison. Du fait de leur hauteur, ce type de rangements n'encombrent ni le champ visuel, ni l'espace. Ils peuvent donc se permettre une profondeur plus importante que les meubles qu'ils surplombent. D'autre part, des étagères hautes conçues en double épaisseur avec un vide intérieur (qui permet par ailleurs une fixation invisible) permettent l'encastrement de spots d'éclairage. Enfin, en créant une amorce de faux plafond, ce type d'étagères hautes est une solution pour atténuer une trop grande hauteur sous plafond. Situés en hauteur, les rangements s'adaptent aux objets dont l'utilisation est occasionnelle ou saisonnière, et sont atteints par un moyen sûr et pratique comme un escabeau stable ou une échelle suspendue à une barre.

TECHNIQUE

Sous les toits

L'intérêt de la lucarne est surtout esthétique et perceptible de l'extérieur. A l'intérieur, on estime qu'à surface vitrée égale, son apport de lumière est jusqu'à 40 % inférieur à celui d'une fenêtre de toit.

Surprenante, cette charpente ancienne crée le décor à elle seule. L'extrémité des soupentes est aménagée en coffrage technique et se transforme en étagère tandis qu'une grande fenêtre de toit inonde le volume de lumière.

L'implantation d'une chambre sous les toits est un cas de figure souvent observé. L'éloignement du centre de la maison, des pièces de vie commune, de leur agitation et de leur bruit est en effet propice au calme et à l'intimité recherchés dans une chambre. Les pentes du toit enveloppent l'espace et s'enrichissent d'un caractère protecteur.

Un espace adapté aux enfants

Il est toujours utile, pour les enfants comme pour les parents, d'éloigner les chambres des enfants des lieux de vie commune, sources de bruit et d'animation. Les parents s'attardent sans scrupule devant la télé ou autour d'un repas entre amis pendant que les plus petits se prélassent dans les bras de Morphée. Confortable pour les parents, cette petite distance est aussi très appréciée des enfants qui y perçoivent une sensation d'indépendance (toute relative !) et une valorisation de leur intimité. La localisation dans les combles les séduit particulièrement car ils se sentent à l'abri sous ce toit qu'il visualise. L'espace est à leur mesure, à l'image d'une maison miniature, d'une tente ou d'une cabane.

Des variations de hauteur à gérer

La particularité des implantations sous les toits est de devoir s'adapter à des variations de hauteur déterminées par la pente du toit. Plus la pente est faible, plus le comble est difficile à aménager. A moins de disposer d'une hauteur importante sous le faîtage, les soupentes sont si basses que leur exploitation devient compliquée. La surface au sol s'en trouve alors réduite. Quand la pente du toit est importante, elle détermine un volume plus haut et autorise un aménagement rentable des soupentes. La chambre, et un éventuel bureau, s'implante volontiers sous la pente du toit car l'une comme l'autre n'exige pas une grande hauteur. En effet, 1,20 m suffisent pour une personne assise dans un lit et 1,50 m pour la même assise devant sa table de travail. Quand à cette dernière, sa hauteur n'excédant 75 à 80 cm, elle se loge sans difficulté sous la pente du toit.

Dans cette maison de campagne, l'ensemble du volume du comble a été exploité pour créer des chambres destinées aux amis de passage. Si la première sert plus de salle de jeux, les deux autres se distinguent par des mises en couleurs éclatantes.

Tel un lit clos à l'ancienne, le lit s'installe dans la soupente et s'enveloppe de bois. Cette partie du comble, rendue difficilement aménageable à cause de son manque de hauteur, trouve ici un emploi sur mesure.

Peu gourmand en hauteur, le lit peut s'installer dans des soupentes les plus basses, là où peu d'agencements sont envisageables. Une hauteur de 1,20 m, nécessaire pour pouvoir se tenir assis, est cependant un minimum.

Une lumière zénithale

Anciennement partie sombre de la maison, les combles en deviennent peu à peu la plus lumineuse, véritable vigie ouverte sur le ciel. C'est l'apparition des fenêtres de toit qui a contribué à cette métamorphose. Tombée du ciel, la lumière qu'elles offrent n'est troublée d'aucune ombre et devient la lumière intérieure de la maison. On considère qu'en général la surface éclairante des fenêtres ne doit pas être inférieure à 15 % de la surface au sol. Pour des raisons d'esthétique, les fenêtres sont plus hautes que larges : placées sur des surfaces en pente, la hauteur est écrasée par la perspective tandis que la largeur est accentuée. De même, plus la pente du toit est faible, plus la hauteur est grande afin de faciliter la manœuvre et d'offrir une vue dégagée. En effet, la fenêtre de toit n'est pas qu'un apport de lumière, elle peut également apporter une vue sur l'extérieur autre que celle du ciel.

Le charme des lucarnes

Les lucarnes se présentent comme des baies verticales intégrées dans la toiture. Elles se composent d'une fenêtre (ou d'une porte-fenêtre), de jouées de côté, et d'un chapeau (ou comble). Elles s'installent sur tous les toits à condition que la pente soit suffisante (au moins 30°) et que la structure de la maison puisse supporter leur surcharge de poids. En effet, si une lucarne en bois ne pèse que 150 kg, une lucarne en pierre en pèse 600 kg. Il est utile de savoir que les surfaces des jouées latérales de la lucarne sont des sources de déperdition de chaleur, ce qui n'est pas le cas des fenêtres de toit.

La chambre d'enfant

Gaie, parfois sage, souvent colorée, la chambre d'enfant réclame fantaisie, ingéniosité et sens pratique pour satisfaire des grands besoins de rangement tout en demeurant récréative. Son caractère ludique ne doit pas faire oublier la sécurité des plus petits qui doit être garantie par des solutions et des systèmes de sûreté adaptés.

Armoire, commode, coffres et grands tiroirs s'additionnent pour offrir des rangements multiples et variés. Clarté, couleurs pastel et fantaisie apportent à cette chambre de petite fille un charme que ne vient pas contrarier la balançoire, inattendue mais très appréciée des plus jeunes...

La chambre d'enfant

Charme avant tout pour cette chambre de nouveau-né qui marie les tons miel du bois et des vanneries avec un ton crème rehaussé d'une subtile nuance bois de rose. Fixés au mur, les paniers composent d'originaux rangements mi-étagères, mi-tiroirs.

Pour un authentique matelot en herbe, un véritable optimiste se transforme en un lit douillet avec sommier à lattes et matelas réalisé sur mesure. Quelques accessoires décoratifs confirment la connotation marine de la chambre.

Héritage de l'évolution de l'habitat, la chambre d'enfant en tant que telle n'est apparue qu'au XIXe siècle. Offrant un lieu de vie intime et personnel, elle devient vite un refuge, un cocon dans lequel l'enfant trouve ses repères et affirme sa personnalité. Si sa fonction évolue selon l'âge de l'enfant, elle regroupe presque toujours le sommeil, le rangement, le jeu et le travail.

Une pièce évolutive

La chambre est une pièce intime qui doit ressembler à son occupant, et celle d'un nouveau-né a en principe peu de points communs avec celle d'un adolescent. Les besoins et les vécus sont évidemment très différents et, au fil du temps, les choix des parents laissent la place aux goûts de leurs enfants. Quand il a la chance d'avoir sa propre chambre, le bébé se contente d'un berceau ou d'un petit lit à barreaux, d'une table à langer et de quelques rangements. Les jouets ne sont pas encore très présents et se résument à quelques peluches, mobiles et boîtes à musique. Le problème du rangement des jouets n'apparaît qu'à la petite enfance et ne fait que s'accentuer au fil du temps jusqu'à ce qu'ils soient abandonnés au profit d'autres activités, vers l'adolescence. Au début, les enfants étant trop jeunes pour assumer le rangement de leur chambre, ce sont les adultes qui s'en chargent.

Des rangements en priorité

Ce n'est que vers l'entrée à l'école que l'expression "range ta chambre !" fait son apparition, précisément à une période où le rangement devient un problème particulièrement aigu. C'est en effet à ce moment que la chambre d'enfant regroupe le maximum de fonctions : sommeil (avec un grand lit, cette fois), jouets (plus nombreux et encombrants que jamais), vêtements, et travail (du simple pupitre à la grande table). La nature des enfants n'étant pas spontanément portée sur le rangement, il est utile de leur faciliter la tâche grâce à des solutions pratiques, à leur portée, et facilement manipulables. Côté sommeil, l'époque de l'école est aussi celle des copains que l'on invite à dormir à la maison. Le futon roulé dans son sac est une solution actuelle et compacte mais le lit tiroir glissé sous le lit reste classique et pratique. Concernant les jouets, il s'agit de faire preuve d'organisation : des grandes boîtes empilables, à roulettes, glissées sous une étagère ou un bureau feront très bien l'affaire. Le tout est de sectionner les rangements de façon à les rendre réalisables pour les petits : une caisse pour les voitures (ou les poupées !), une pour les Legos, une pour les Playmobils, une pour le fourre-tout… L'essentiel est qu'elles soient accessibles et que leur contenu soit lisible (boîte transparente ou étiquetage visible). Côté vêtements, l'armoire reste plus pratique que la commode car elle offre une meilleure vision de son contenu, et la penderie remporte tous les suffrages car elle élimine le pliage du linge !

Un monde à soi

La période de l'école laisse un jour la place à celle du collège et l'adolescent abandonne peu à peu ses jouets d'enfance pour ne garder que les plus symboliques. Même si le bureau a fait son entrée dans la chambre avec l'entrée à l'école, c'est au début de l'adolescence qu'il y prend une vraie place. La somme de travail est plus importante, le matériel également, et l'enfant se passe en principe de ses parents pour faire ses devoirs. L'adolescence se caractérise par une recherche d'indépendance et d'identité, et la chambre devient alors un véritable exutoire. Plus que jamais, elle doit ressembler à son occupant, refléter ses goûts et sa personnalité. Il est bon que les parents s'effacent pour respecter cette affirmation de soi. La chambre devient un domaine réservé et plus intime que jamais. Les copains viennent moins facilement dormir à la maison mais débarquent souvent pour écouter de la musique, jouer à des jeux vidéos, ou travailler… il est bon de libérer au maximum la surface au sol, et si la hauteur le permet, c'est le moment où jamais d'installer une mezzanine pour y loger le lit. Enfin, les adolescents étant grands (de plus en plus…), l'augmentation de la taille du lit est à envisager.

Ambiance ensoleillée toute l'année pour cette chambre dont le jaune lumineux éclaire les poutres rustiques. La cheminée, mise hors service, a été conservée et joliment détournée pour offrir un cadre idéal à la maison de poupée.

Les cloisons en carreaux de plâtre se prêtent volontiers à toutes sortes de fantaisie car elles n'assurent aucune fonction porteuse. Ici deux courbes ondulantes encadrent un passage.

La maçonnerie

La petite maçonnerie et la plâtrerie sont pleines de ressources lorsqu'il s'agit de structurer une pièce, de délimiter des espaces ou simplement de les cloisonner. Carreaux de plâtre et carreaux de béton cellulaire donnent ainsi naissance à des structures mobilières, des têtes de lit ou des structures de rangement toujours réalisées sur mesure, en fonction des besoins et pour un coût très raisonnable. Leur absence de rôle porteur autorise une grande liberté de création et de fantaisie.

Les carreaux de plâtre

Utilisés pour réaliser des ouvrages intérieurs, les carreaux de plâtre donnent naissance à toutes sortes d'agencement, de la cloison à la bibliothèque, en passant par un simple muret ou une structure de placard. Disponibles dans plusieurs dimensions (50 x 66 cm, 40 x 60 cm, et 35 x 65 cm) et plusieurs épaisseurs (de 5 à 10 cm, la plus courante étant 7 cm), ils sont sélectionnés pour s'adapter au projet. Entièrement en plâtre, ces carreaux sont pleins ou perforés avec des trous cylindriques disposés verticalement. Ils peuvent être sciés, tranchés et cloués et permettent de réaliser rapidement une cloison finie, prête à peindre. Assemblés par emboîtement à tenon plein et mortaise, ils sont liés avec une colle spécifique à base de plâtre. Les joints de

Type	Standard	Alvéolé	Allégé
Dimension	L 66 x H 50 cm		
Épaisseur	5, 6, 7, ou 10 cm	7 cm	7 ou 10 cm
Surcharge au m²	De 50 à 100 kg	54 kg	36 et 37 kg
Affaiblissement acoustique	De 31 à 38 db(A)	32 db(A)	27 db(A)

Implantée sur les 3/4 de la largeur disponible, la cloison isole la chambre de la salle de bains sans créer de trop forte rupture. Réalisée en carreaux de plâtre hydrofuge pour résister à la vapeur d'eau, elle intègre une grille de fer forgé détournée de son rôle de garde-corps.

Attenante à la chambre, la baignoire s'intègre derrière un muret réalisé en carreaux de plâtre. Carrelé côté salle de bains, il dissimule une bibliothèque côté chambre, ce qui explique et justifie les décrochés de niveaux observés en bout de baignoire.

Les cloisons courbes sont recherchées pour leur caractère décoratif. Elles peuvent être réalisées en plaques de plâtre cintrées sur une ossature métallique, le cintrage s'effectuant sur plaques sèches ou humides selon le rayon de la courbe à effectuer.

2 à 3 mm obtenus sont invisibles une fois poncés. Les carreaux étant lisses, il n'est pas nécessaire d'enduire les faces mais leur porosité doit être neutralisée par une couche de peinture d'impression avant la finition en peinture. Leur principal défaut, hormis leur caractère salissant, reste leur poids : environ 10 kg par cm d'épaisseur en qualité standard, ce qui devient parfois un inconvénient dans certaines situations.

Les carreaux de béton cellulaire

Le béton cellulaire contient une multitude de petites bulles qui en font un matériau très léger, bon isolant et pourtant très résistant. Il a une très bonne résistance à la compression mais résiste moins bien à la traction, ce qui le rend sensible aux chocs. Pour réaliser des structures intérieures, on utilise des carreaux d'une épaisseur comprise entre 7 et 12,5 cm. Ces derniers se travaillent très facilement et autorisent les découpes les plus fantaisistes. Matériau en plein essor, le béton cellulaire fait désormais concurrence aux carreaux de plâtre, dont il a adopté les formats. Son

Dimension L x H	62,5 x 25 ou 50 cm	
Épaisseur	7, 10, 12,5 ou 15 cm	
Surcharge au m²	39 kg	56 kg
Affaiblissement acoustique	32 db(A)	34 db(A)

faible poids au mètre carré est l'un de ses meilleurs atouts : en 7 cm d'épaisseur, il égale celui du carreau de plâtre allégé. Sensible à l'eau, il demande à être monté sur un rail plastique en U lorsqu'il est mis en œuvre dans les pièces humides.

Composition épurée pour ce dressing ouvert entièrement réalisé en carreaux de plâtre. Ces derniers sont coupés et collés au fur et à mesure du montage. Seules les étagères situées sous les penderies ont nécessité le soutien de fers plats encastrés en sous-face, leur largeur dépassant celle d'un carreau.

Carreaux de plâtre une fois encore pour cette tête de lit qui intègre des niches formant les chevets. Intégré aux murs de la chambre, l'agencement laisse la vedette au lit et aux meubles en pin.

Les couleurs

Si on ne discute pas des goûts, on peut au moins discuter des couleurs… Sujet subjectif par excellence, la couleur est ressentie et perçue différemment selon la personne qui la regarde. Culture, éducation, préjugés et personnalité sont autant de critères déterminants dans l'appréciation d'une couleur. Personnelle et intime, la chambre offre une belle occasion d'exprimer sans contrainte les envies de couleurs les plus sincères et d'apprendre à les manipuler pour influer sur la perception de l'espace.

Couleurs et lumière

Pour ceux que les couleurs intimident, une première approche peut se résumer à l'apport de touches ponctuelles par l'intermédiaire d'accessoires et d'objets. Dans la chambre, lit et rideaux offrent de belles occasions d'apporter des notes colorées faciles à changer en fonction des saisons ou des humeurs. Toutes sortes d'accessoires viennent ensuite compléter l'harmonie. La mise en couleur des murs procède d'une audace supplémentaire qui peut commencer par un simple aplat réalisé sur un seul mur (la tête de lit s'y prête volontiers) pour une démarche actuelle. Lorsqu'il concerne les murs, le choix de la couleur devient déterminant pour l'ambiance de la chambre. Il est bon de savoir que les teintes claires et les couleurs dites froides sont considérées comme "fuyantes" et ont tendance à repousser les murs, donc à agrandir la pièce. Inversement les teintes foncées et les couleurs dites chaudes accrochent l'œil et ont ainsi la capacité "d'avancer" les murs. L'orientation de la pièce a aussi son importance. Orientée au sud, elle sera ensoleillée toute la journée et supportera plus facilement des couleurs froides. Orientée au nord, la chambre aura besoin d'être réchauffée par l'apport de couleurs chaudes.

Couleurs et volume

Mis à part leur caractère décoratif, les couleurs ont la capacité de modifier la perception de l'espace, ce qui peut s'avérer parfois très utile. Par exemple un plafond trop haut sera "rabaissé" par une mise en couleur plus sombre que celle des murs de la pièce, la démarche inverse (murs sombres et plafond clair) produisant logiquement une impression inverse. Dans le même ordre d'esprit, un aplat de couleur réalisé sur un seul pan de mur attire le regard et oriente la pièce. Dans une pièce étroite et étirée en longueur, une mise en couleur sombre du fond encadrée par des côtés clairs aura un effet élargissant. Une fois encore, la démarche inverse produit l'effet inverse ! Les couleurs se prêtent volontiers à toutes sortes de trucages optiques et les rayures en sont un bon exemple. Verticales, elles étirent la hauteur et "relève" un plafond un peu bas. Horizontales, elles valorisent la largeur d'un pan de mur et abaissent visuellement la hauteur sous plafond. On peut facilement créer du relief sur une surface plane en créant de faux jeux d'ombres sachant que les teintes foncées "reculent" une surface tandis que les plus claires les "avancent". Moulures et corniches peuvent ainsi être valorisées ou atténuées par un subtil jeu de couleurs.

Couleurs et associations

Les mariages de couleurs peuvent s'effectuer de différentes façons. Pour les plus novices, le camaïeu basé sur une déclinaison d'une même couleur est facilement réalisable. Plus subtil, le camaïeu peut se construire sur une harmonie d'une même famille de couleurs mais il garde cependant un caractère monochrome. Pour les audacieux, les contrastes ont l'avantage d'être sans ambiguïté en mariant des couleurs de famille différentes voire opposées. Enfin, pour les plus chevronnés, les harmonies basées sur l'équilibre subtil de trois couleurs offrent des ambiances raffinées et toujours personnelles. En mêlant des teintes de famille différente, on prend soin de préserver une répartition harmonieuse consacrant 80 % à la couleur dominante, 15 % à la deuxième et 5 % à la troisième. Les deux premières peuvent appartenir à la même famille et vibrer grâce à l'apport d'une couleur opposée. Selon l'ambiance recherchée, on valorise les couleurs chaudes ou les couleurs froides.

Apporté en touche, le vert tendre se marie sans effort avec l'aplat parme du mur qu'il éclaire et tonifie. Le duo compose une harmonie tendre pour une chambre de bébé.

La tendre harmonie de parme et de vert anis se tonifie grâce à l'apport d'un rose fuchsia et d'un violet. La création d'un soubassement et de la retombée de plafond permet de réduire visuellement la grande hauteur des murs.

DESIR
ESPOIR
FIDELITE
GENEROSITE

Les couleurs

Subtile harmonie de verts savamment associés et mis en scène dans cette chambre installée dans un appartement bourgeois et dont la cheminée condamnée est mise à profit pour composer la tête de lit.

Installé dans une alcôve, le lit s'éclaire d'un jeté ensoleillé, jolie note de lumière dans un écrin rouge que le bleu vient faire vibrer en touches.

DÉCORATION

Mariage raffiné de gris, bois clair et métal pour cette chambre de petit garçon sage. Harmonieuse et élégante, la composition manque cependant d'un peu de fantaisie et de couleurs, plus évocatrices du monde de l'enfance.

Composition tonique et audacieuse pour ce petit meuble ancien revisité au goût du jour et grâce à laquelle il s'intègre parfaitement dans la pièce, elle aussi haute en couleurs.

Les rangements

Implantée au centre de la pièce, la tête de lit libère un passage d'accès à la salle de bains. Offrant une simple niche ouverte côté face, idéale pour les livres, réveils et autres accessoires, elle propose une collection de boîtes de rangement côté pile. Indispensable, l'étiquetage des boîtes en assure la fonction pratique.

Signe des sociétés riches, le besoin de rangement devient le problème incontournable des logements et la chambre n'échappe pas à la règle. Selon les occupants, ils concernent les vêtements, les chaussures, les jouets, les affaires scolaires, les vêtements saisonniers, les équipements sportifs… tout dépend de la place disponible dans la pièce et dans le reste de la maison.

Les vêtements

La pièce dressing aménagée avec des accessoires sophistiqués reste malheureusement le privilège d'un faible pourcentage de la population. Pour la majorité, les placards destinés au rangement des vêtements doivent s'intégrer dans la chambre, le plus souvent le long d'un mur, parfois implantés de façon à délimiter les espaces. Pour être pratique et quel que soit le style des placards, l'aménagement doit adopter certaines dimensions (voir page 12) et respecter un minimum de logique. En effet, pour ne pas encombrer inutilement les étagères et les penderies, il est préférable d'en extraire les vêtements hors saison afin de les stocker ailleurs : au grenier, à la cave ou tout simplement dans des rangements aménagés en hauteur, sous le plafond. Exploitez toute la hauteur de la pièce, vous gagnerez au moins une étagère. Certains préféreront le style traditionnel des commodes à l'ancienne. Il est bon de savoir que si leur charme est indéniable, leur aspect pratique l'est un peu moins et elles s'adaptent mieux aux rangements de la lingerie, des chaussettes ou des accessoires qu'aux piles de vêtements pliés dont la vision est toujours partielle.

Les jouets

Les enfants d'aujourd'hui croulent bien souvent sous une quantité extravagante de jouets en tout genre, souvent bien plus qu'ils ne peuvent appréhender. Mais le fait est que ces jouets encombrent les chambres et provoquent des affrontements récurrents entre parents et enfants. Alors autant leur faciliter la tâche en leur proposant des systèmes de rangement adaptés. Les étagères sont pratiques pour les boîtes de jeux dont le nom reste visible sur la tranche, ou traditionnellement pour les livres. Jouets divers et collections y trouvent bien sûr leur place mais deviennent vite des nids à poussière. Les coffres ont le charme de la tradition mais ne sont pas toujours pratiques car ils facilitent l'accumulation et le désordre. Par contre, il s'adaptent plutôt bien aux rangements des peluches. A roulettes et glissés sous le lit, les tiroirs ont l'avantage d'offrir une vue globale de leur contenu et leur faible profondeur réduit les risques d'accumulation. Un vidage régulier est cependant conseillé ! Pour les jouets, préférez les boîtes de rangement, solides, facilement manipulables (éventuellement à roulettes) et pas trop grandes. Dissociez les jouets par type (voitures, dînette, Lego, bonshommes et figurines…) et consacrez une boîte par type. Des rangements efficaces nécessitent un minimum de rigueur et sont avant tout simples et pratiques.

La fantaisie se libère quand les rangements s'adressent aux enfants. Ici les patères rouges, pratiques pour suspendre toutes sortes d'accessoires, évoquent avec humour des pommes rouges encore accrochées à leur arbre.

Les affaires de travail

Lorsque le bureau s'installe dans la chambre, il apporte avec lui une autre source de désordre. Ordinateur, papiers, livres et accessoires divers doivent trouver leur place sans envahir la pièce. Les étagères ouvertes demeurent une bonne solution pour y ranger les livres, les cahiers et autres classeurs, à condition cependant de prévoir une profondeur adaptée : 25 cm est un minimum. Les étagères deviennent facilement des éléments décoratifs à condition de soigner leur réalisation, de choisir avec soin le matériau qui les compose ou leur mise en couleur. On mêle volontiers les objets aux livres, les étagères ouvertes aux parties fermées, celles-ci se consacrant de préférence aux équipements moins esthétiques. Les portes équipées de compas d'abattant (comme les abattants des secrétaires classiques) s'avèrent très pratiques car elles offrent, une fois ouvertes, une tablette supplémentaire souvent bienvenue quand la place est comptée.

Créée pour diviser une grande chambre en deux plus petites, la cloison vitrée s'appuie sur une série de niches conçues pour intégrer des paniers. Ces derniers s'avèrent très utiles pour le rangement des jouets, leur nombre permettant une répartition par thème qui simplifie la tâche.

Ces portes de placard aux allures de frigo à l'ancienne sont en fait réalisées à partir de lames de volets et montées avec des pentures anglaises à platine coudée qui permet leur pose en applique. Fixées sur un cadre en bois, elles forment une façade dissociée de l'agencement intérieur du placard.

La sécurité des enfants

Allège basse, absence de garde-corps malgré la hauteur, voilà une fenêtre qui réunit un maximum de risques de chutes et qui peut s'avérer très dangereuse pour des jeunes enfants.

Idéale pour créer une surface supplémentaire quand la hauteur l'autorise, la mezzanine doit cependant être sécurisée au même titre qu'une fenêtre ou qu'un balcon pour éviter les chutes éventuelles. Dans le cas présent, la mezzanine s'adresse à des enfants déjà grands et raisonnables.

Pourtant conçues pour leur bien-être, les chambres d'enfants présentent malgré tout des risques d'accidents domestiques (7 % des accidents survenus dans la maison) : prises électriques, fenêtre ouverte, lits superposés, petits jouets que l'enfant peut avaler ou inhaler. Autant d'accidents potentiels qu'il est utile de connaître pour mieux prévenir.

L'électricité

Les circonstances favorables aux brûlures par électricité sont multiples : contact avec une prise de courant ne disposant pas de système de sécurité, prolongateur resté branché après avoir enlevé l'appareil, introduction d'un objet métallique pointu dans une prise (aiguille, ciseaux)... afin d'éviter ces situations dangereuses pour un jeune enfant, il est indispensable de n'acheter que du matériel NF conforme aux normes de sécurité, d'installer des prises "à éclipse" dont les orifices normalement fermés ne peuvent s'ouvrir que sous la pression simultanée des deux broches d'une prise mâle, d'installer les prises électriques à 1 mètre du sol munies de cache-prises impossibles à retirer par un jeune enfant, d'éviter les prises multiples dans la mesure du possible et de respecter la réglementation en vigueur, en particulier l'installation d'un disjoncteur différentiel à haute sensibilité. Principalement localisées au niveau des mains et de la bouche, les brûlures d'origine électrique représentent un risque de gravité potentielle car aux brûlures superficielles s'associent des brûlures profondes, le long du trajet du courant entre les points d'entrée et de sortie, en particulier au niveau des masses musculaires.

Les chutes

Entre la chute de la table à langer, de sa propre hauteur au moment de l'apprentissage de la marche, d'un lit superposé ou d'une fenêtre, un enfant a maintes fois l'occasion de tomber. Si les blessures sont le plus souvent bénignes, certaines chutes ont parfois des conséquences graves, voire tragiques. Quelques mesures de prévention et beaucoup d'attention des parents peuvent heureusement éliminer une grande partie de ces risques. Réservés aux enfants de plus de 6 ans, les lits en hauteur doivent cependant être équipés de protections anti-chute car si l'enfant est plus conscient du danger, ses jeux l'amènent à prendre plus de risques. Un tapis moelleux posé au pied du lit amortira une éventuelle chute. Beaucoup plus graves, les défenestrations concernent en majorité des enfants laissés seuls à la maison qui sont attirés par les

Implanté à angle droit, le lit inférieur réduit la hauteur du lit haut et offre, avec son matelas, une surface souple, parfaite pour amortir une éventuelle chute.

Afin d'assurer la sécurité de l'enfant, un lit superposé doit impérativement s'équiper de barres de protection destinées à éviter les chutes. Habillées ici de coussins cylindriques, elles forment un barrage efficace pour les plus jeunes.

Si le cache-radiateur facilite l'intégration décorative du radiateur dans la chambre, il permet aussi de réduire les risques de brûlures des plus petits.

bruits de la rue ou guettent le retour de leurs parents. On peut adapter aux fenêtres et baies vitrées des entrebâilleurs qui en limitent l'ouverture ou des systèmes de sécurité comme le système Butak : on tire d'une main et on retire la sécurité de l'autre main, manœuvre impossible à réaliser pour un enfant de moins de 4 ans. Un jeune enfant de 10 mois à 5 ans qui tombe accidentellement d'une fenêtre n'est pas une situation exceptionnelle, surtout lorsque les beaux jours arrivent. Et bien que ces accidents ne concernent que 200 à 250 enfants par an, leur gravité est extrême : 20 % de décès souvent immédiats, 25 % de handicaps lourds et définitifs. Lorsque la fenêtre est ouverte, on peut employer un grillage de sécurité, un plan de verre ou de plexiglas fixé au-dessus de la barre d'appui ou du rebord de la fenêtre, à condition d'être bien scellé.

Etouffement

En principe, les enfants de moins de 3 ans ne doivent pas avoir de jouets dont certains éléments détachables ou démontables ont une taille inférieur à 27 mm, mais les jouets de leurs aînés sont malheureusement souvent à leur portée. Une fois encore, la vigilance des parents est indispensable et la méthode de Heimlich la meilleure des solutions lorsqu'il s'agit d'expulser un corps étranger bloqué dans le pharingo-larynx. Cependant les plus petits sont capables de s'introduire toutes sortes de choses dans le nez ou les oreilles. Dans la majorité des cas, l'attitude raisonnable consiste à les emmener consulter un ORL. Une méfiance extrême doit s'effectuer sur les micropiles ou piles-boutons (présentes dans les jeux électroniques). Leur absorption accidentelle peut provoquer, par la libération de produits électrolytiques corrosifs et toxiques, des attaques de la paroi digestive provoquant brûlures puis perforation digestive. Si l'absorption est connue, l'enfant doit être conduit à l'hôpital pour procéder à son élimination. Si l'absorption est méconnue, des douleurs abdominales associées à une radiographie de l'abdomen permettront de déceler la présence de la pile.

La chambre salle de bains

Elle est d'un confort appréciable à condition d'être conçue et réfléchie en fonction de ses destinataires dont les habitudes et les rythmes de vie doivent être pris en compte. Si ce type d'agencement offre espace et lumière aux petites salles de bains, il apporte aussi une intimité supplémentaire à la chambre.

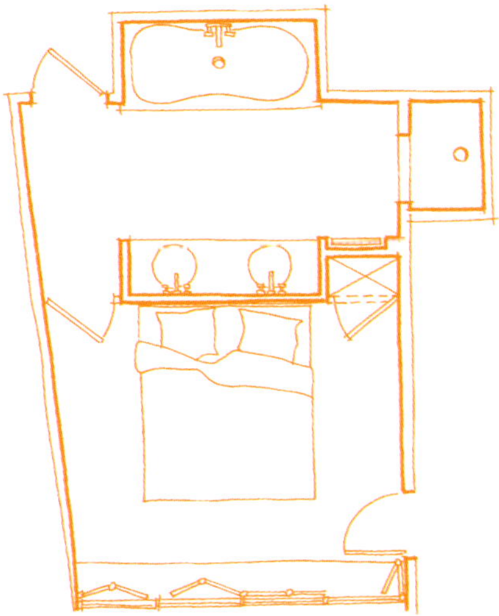

Séparées par une simple cloison habillée de bois, la chambre et la salle de bains restent étroitement liées. La séparation, essentiellement visuelle, structure la pièce et joue le double rôle d'appui au plan vasque côté salle de bains et tête de lit côté chambre.

La cloison interrompue avant le plafond et la porte raccourcie laissent circuler bruits et lumière dans les deux sens et maintiennent la continuité du sol et du plafond. L'implantation astucieuse permet d'intégrer des niches formant chevets et une armoire de rangement.

La chambre salle de bains

Cette implantation séduisante ne fait que des adeptes, et rares sont ceux qui ne se laissent pas convaincre par son confort. Idéale pour la chambre des parents, elle offre plus d'intimité à la chambre d'amis et un parfum d'indépendance aux chambres d'adolescents. Il n'y a que les plus petits qui n'y trouvent aucun avantage car si la création d'une salle de bains réservée aux enfants offre un confort indiscutable, il est déconseillé de la prévoir attenante à leur chambre, pour d'évidentes raisons de sécurité et de surveillance.

Une implantation simplifiée

Une chambre salle de bains peut se créer de différentes façons. La plus simple consiste à faire communiquer une chambre et une salle de bains situées de part et d'autre d'une cloison. Celle-ci est alors ouverte ou entièrement démolie selon le projet et la porte d'accès extérieur supprimée. Cette démarche offre à la salle de bains une lumière et un espace qui lui manquent souvent. En effet, même si les appareils sanitaires n'occupent pas davantage de surface au sol, l'ouverture sur la chambre offre un nouveau volume et une circulation plus confortable. Il se peut que l'ouverture de la cloison soulève quelques problèmes techniques comme le détournement des alimentations d'eau, le déplacement d'un radiateur, des modifications de circuits électriques ou des raccords de revêtements de sol, mais aucun d'eux n'est insurmontable et tous ont des solutions. Même l'ouverture d'un mur porteur est envisageable, à condition de faire appel à un professionnel et d'avoir obtenu l'autorisation du propriétaire des lieux. Il se peut que la salle de bains existante soit préservée pour le reste de la famille, une nouvelle salle de bains peut alors être créée en empiétant sur la surface de la chambre, à condition que cette dernière soit suffisamment généreuse. Cependant, la surface d'un grand placard peut parfaitement suffire pour implanter un plan vasque et une cabine de douche.

L'espace salle de bains s'isole simplement de la chambre derrière un morceau de cloison contre lequel s'appuie l'agencement. Un meuble en bois, de style Directoire, compose un original plan vasque en harmonie avec le décor de la chambre.

Si la salle de bains attenante à la chambre est une solution idéale pour un couple, elle s'adapte également très bien aux parents d'enfants en bas âge. La présence des enfants étant assujettie à celle d'un adulte, l'ouverture sur la chambre offre à chacun un espace et un confort supplémentaire appréciable.

Implantée face au lit, la baignoire s'adosse à un spectaculaire conduit de cheminée savoyard, la "bourne", et profite de la chaleur qu'il diffuse. Formant un écran, ce dernier isole le coin salle de bains du reste de la chambre, plus convivial.

Une ouverture maîtrisée

Le confort d'une chambre salle de bains repose sur l'adéquation entre son fonctionnement et le mode de vie de ses occupants. En effet, si certains apprécient l'ouverture totale entre les deux, d'autres aiment préserver leur intimité en créant une séparation au moins visuelle. Dans le cas d'un couple, il se peut que des différences de rythme rendent indispensable une séparation au moins temporaire, à la fois visuelle et phonique, permettant à l'un de se lever aux aurores pendant que l'autre s'offre une grasse matinée… L'idéal consiste souvent à prévoir des séparations mobiles préservant le volume global tout en permettant l'isolement des deux espaces. L'implantation chambre salle de bains se compare aisément à celle de la cuisine ouverte sur le séjour : les avantages indiscutables de l'ouverture sont ponctuellement entamés par les désagréments du fonctionnement (bruits et odeurs de cuisine, désordre apparent et disgracieux vu du séjour…). Portes et panneaux coulissants offrent de nombreuses solutions décoratives qui s'adaptent à tous les styles. D'une façon générale, on favorise les implantations qui délimitent des espaces bien distincts. Ainsi, le lit et la salle de bains peuvent s'implanter dos à dos, la tête de lit servant d'appui à la baignoire, au plan vasque ou à des rangements formant une transition. La différence de niveau est également un moyen astucieux pour distinguer les espaces respectifs tout en offrant une solution technique pour le passage de gaines techniques parfois difficiles à intégrer.

Implantée dans le prolongement de la chambre, la salle de bains se divise en deux espaces distincts : les deux vasques s'installent de part et d'autre de l'entrée de l'espace bain-douche proprement dit. Plus que le cloisonnement, ce sont les différences de matériaux qui marquent les différentes fonctions.

Les dérivés de bois

Très utiles en menuiserie et en agencement intérieur, ils ont l'avantage d'être plus économiques que le bois et offrent parfois des qualités supérieures. Initialement cantonnés dans un rôle fonctionnel, dissimulés, plaqués ou habillés, ils bénéficient aujourd'hui d'un regard différent qui en fait des matériaux décoratifs dont la qualité esthétique est appréciée.

Le MDF ou Médium®

Né aux Etats-Unis dans les années 60, le MDF (médium density fiberboard) est plus communément appelé Médium®, appellation créée par la société Isoroy. Panneau de fibres de bois de moyenne densité, il est composé de fibres de bois obtenues par défibrage (procédé consistant à désolidariser les fibres du bois les unes des autres), additionnées de résines synthétiques et collées sous presse à haute température. C'est un matériau parfaitement homogène, compact et très dense qui offre deux surfaces poncées et lisses se prêtant à toutes les finitions. Proposé dans de nombreuses épaisseurs (de 1,8 mm à 70 mm), le médium® peut acquérir des qualités supplémentaires grâce à l'incorporation de différents types de colles ou d'adjuvants, en particulier une résistance particulière à l'humidité ou au feu. Présenté sous forme de panneaux rainurés en contre-face (épaisseur 9,5 mm), il permet de réaliser toutes sortes de cintrages dont le rayon de courbure minimum est de 120 mm. D'une façon générale il se travaille plus facilement que le bois massif car il n'a pas de sens de fil et sa stabilité dimensionnelle est jusqu'à 10 fois supérieure. Il ne risque donc pas de se fendre ou d'éclater sous les effets de variations d'humidité. Il ne nécessite pas de placage de chants comme la plupart des panneaux de particules de bois, ce qui en fait un matériau très facile à travailler.

Le Triply® ou "bois orienté"

L'Oriented Strand Board (OSB) est constitué de lamelles de résineux débitées finement puis superposées en 3 couches. C'est l'orientation de la couche médiane opposée à celle des deux couches extérieures qui lui vaut l'appellation de "bois orienté". Une répartition homogène des lamelles forme les trois couches superposées dont l'épaisseur avant pressage est jusqu'à 9 fois supérieure à celle du panneau fini. La presse s'effectue

Largement ouverte en mezzanine sur le séjour situé en contrebas, la chambre bénéficie de la luminosité de la verrière. Deux panneaux coulissants lui restituent son intimité à la tombée du jour.

Composés de panneaux de MDF de 22 mm d'épaisseur, les volets coulissants sont travaillés à la défonceuse pour créer des rainures décoratives. La grande homogénéité de ce matériau se prête à toutes sortes de démarches créatives et ses surfaces très lisses à toutes sortes de finitions.

à chaud pour un collage à 170 °C qui s'effectue en quelques minutes.
L'épaisseur des panneaux varie de 6 à 22 mm, pour des dimensions de 250 x 125 ou 120 cm et 500 x 250 ou 125 cm.
L'OSB a des caractéristiques mécaniques supérieures à celles du bois massif, en particulier grâce à l'orientation opposée de sa couche médiane. Son champ d'application est très large : des poutres composites au mobilier, en passant par les habillages de murs et les planchers, et il peut recevoir de nombreuses finitions (vernis, céruses, lasures...). A noter que pour une même réalisation, on utilise des panneaux achetés en même temps, des variations d'aspects étant fréquentes d'une production à l'autre.

Contreplaqué et latté

Le contreplaqué est constitué de plusieurs feuilles de bois collées entre elles en sens alterné. Son chant rayé caractéristique peut être laissé apparent. Il existe en de nombreuses épaisseurs (de 4 à 40 mm selon les caractéristiques), qualités (ignifuge, hydrofuge, cintrable, ultra léger avec une âme de balsa, insonorisant avec une âme synthétique ou de caoutchouc) et finitions (de nombreux placages sont disponibles dans une qualité ébénisterie). Le latté est constitué de lattes de bois collées entre elles et recouvertes d'un placage sur chaque face, ce qui rend le procédé de fabrication visible uniquement sur deux chants.

Panneauté et lamellé-collé

Ils ont en commun d'être fabriqués à partir de bois massif composé de lames collées bord à bord et parfois aboutées (c'est-à-dire assemblées en bout par une coupe en dent de scie). On parle de lamellé-collé lorsque les lames sont étroites et régulières. Au contraire, le panneauté est le résultat de l'assemblage de lames plus larges et de différentes largeurs. Ces deux techniques permettent d'obtenir des pièces de bois possédant des qualités supérieures à celles du bois dont elles sont issues.

Les qualités mécaniques de l'OSB (ou Triply®) en font un revêtement de sol résistant et très abordable. Le plancher est proposé en panneaux rainurés languetés sur 4 rives, en 15 mm d'épaisseur et en environ 250 x 60 cm ou 165 x 60 cm.

Très homogène et très lisse, le MDF se teinte très facilement à l'aide de teintures à bois à solvant. L'application de deux couches de vernis polyuréthane offre ensuite une protection indispensable.

Les inspirations exotiques

Pièce intime par définition, la chambre est le lieu idéal pour laisser la fantaisie s'épanouir. Plus que jamais, la décoration peut s'affirmer dans une forte personnalité sans craindre le regard surpris ou perplexe des visiteurs. Les cultures du monde, rendues accessibles à tous sans bouger de chez soi, sont une mine intarissable d'idées, d'harmonies, de matières et de matériaux dont il est tentant de s'inspirer. Chacun empreinte alors, selon ses affinités, l'esprit, les couleurs ou les matériaux symboliques de la culture d'un pays.

L'esprit

Au-delà des couleurs et des matériaux, c'est toute la culture et l'esprit d'un pays qui s'expriment à travers son art décoratif. Ainsi, l'esprit du Japon émerge d'une atmosphère empreinte de simplicité et de minimalisme, d'un lieu où le superflu est délaissé au profit de l'essentiel, où les nuances subtiles des teintes valorisent les jeux de lumière diffuse. Joyeuse et festive, l'identité du Mexique s'exprime à travers un véritable amour des couleurs, mariées dans des associations éclatantes dans lesquelles le rose fuchsia côtoie sans complexe un jaune vif ou un bleu électrique. Fascinant, le Maroc s'illustre à travers un sens de l'hospitalité et une convivialité exceptionnels, suggérés par le confort de coussins moelleux et les nombreux tapis couvrant le sol. Ethnique et envoûtante, l'Afrique puise à la source un art décoratif dépouillé de fioritures et de sophistications tandis qu'un raffinement extrême et précieux marque les intérieurs inspirés de l'Inde et de l'Indonésie. L'exotisme reste le propre des atmosphères antillaises où les plantes luxuriantes s'épanouissent au cœur de murs blancs et de meubles en bois sombre.

Les matériaux

Chaque culture, chaque art décoratif s'illustre par l'exploitation de matériaux locaux, dont le travail résulte d'un savoir-faire hérité de génération en génération. Et même si les influences sont perceptibles, elles ont su préserver une identité à travers des traditions et des artisanats préservés. Ainsi, les enduits de tadelakt, les zelliges de terre cuite, et les bois de Tuya et de cèdre qui composent les moucharabiehs sont avant tout symboliques du Maroc. De même que la soie, le cachemire, le teck ou le rotin évoquent immédiatement l'Inde et l'Indonésie. Les bois brûlés, les bois sombres comme l'ébène, les tissus artisanaux et graphiques de raphia ou de coton suggèrent l'influence de l'Afrique tandis que fibres végétales, papier de riz et tatamis illustrent celle du Japon. Des céramiques éclatantes de couleurs vives (les fameuses Talavera) associées à des murs de pierre, des meubles de bois ouvragés et du fer forgé offrent une jolie évocation du Mexique, dont les cloîtres de pierre et l'artisanat garde le souvenir de la colonisation espagnole. Les Antilles se laissent deviner derrière des persiennes sombres qui filtrent la lumière, des cotonnades aux couleurs joyeuses et des moustiquaires vaporeuses.

Les couleurs

Les harmonies et associations, plus que les couleurs elles-mêmes, sont aussi de jolis moyens d'offrir à la décoration un parfum d'ailleurs. Toutes les nuances de blanc évoquent, dès qu'elles sont cadrées de noir, l'esprit épuré des décors japonais que des touches de vert ou de rose tendre viennent éclairer. Les harmonies de terre, mêlant les beiges et les bruns, les rouges et les ocres, illustrent le caractère ethnique de l'Afrique, tandis qu'un bleu franc marié à un blanc pur nous emmène en Grèce. Un bleu dense et profond associé à des bruns dorés offre une belle image du Maroc qui s'épanouit particulièrement dans des harmonies chaleureuses de couleurs épicées. Pays de la couleur s'il en est un, le Mexique s'exprime à travers les mariages audacieux de couleurs vives et denses qui s'opposent et se valorisent mutuellement dans des compositions gaies et festives à l'image du pays.

Il y a du Maroc dans cette ambiance-là. La tête de lit ciselée évoque les traditionnels moucharabiehs tandis que le bleu profond du linge de lit s'éclaire de touches de turquoise.

Nuit à l'heure indienne pour ce lit qui se pare de voilages aux couleurs épicées et chaudes. La structure réalisée en bambou et les voilages aériens contribuent à l'exotisme de la composition.

Les inspirations exotiques

Deux nasses de pêche indonésiennes s'harmonisent avec le couvre-lit, les coussins et le sari, tous d'origine indienne. La spectaculaire tête de lit, qui est en fait un devant d'autel d'église en bois polychrome, prend la vedette grâce à la simplicité du traitement des murs et du plafond.

Inspiration russe originale pour cette chambre qui s'épanouit dans le rouge et le blanc. Meuble peint à la main, bois de lit laqué et tapis brodé composent une évocation sans ambiguïté, renforcée par la présence de la célèbre série de poupées gigognes.

Papier de riz et claustras composent d'élégants panneaux fixes ou coulissants qui divisent et structurent l'espace de la chambre. L'esprit japonais est affirmé par l'intégration de tatamis dans le sol, supports du futon traditionnel.

Les cloisons

N'empruntant qu'une faible surface à la chambre, la salle de bains lui offre cependant un nouveau confort. Elle se dissimule derrière deux portes coulissantes dont le caractère décoratif détermine l'ambiance de la chambre.

Les deux chambres d'enfant s'étirent tout en longueur jusqu'à la baie vitrée. Chacune d'elle possède un lavabo à l'entrée et une grande armoire contre laquelle s'adosse le lit. Un grand panneau coulissant s'ouvre en disparaissant dans la double cloison et relie les deux chambres selon les envies du moment.

Cloisons inattendues pour cette chambre qui s'enveloppe de tentures de velours. L'esprit est baroque et surprenant mais l'isolation phonique inexistante !

Attenante à la chambre, la petite salle de bains s'isole derrière une cloison vitrée qui lui offre la lumière du jour qui lui faisait défaut et un sentiment d'espace supérieur.

Elles sont indispensables pour déterminer les limites de n'importe quel espace et à fortiori celui de la chambre dont l'intimité est à préserver. Classiques, elles se font oublier et se contentent de jouer leur rôle de séparation. Partielles ou mobiles, elles séparent sans diviser selon les besoins ou les envies, tandis que fonctionnelles elles s'intègrent davantage à l'agencement de la chambre.

Les cloisons classiques

Elles sont en carreaux de plâtre, en carreaux de béton cellulaire, en briques plâtrières, en panneaux alvéolaires ou en plaques de plâtre vissées sur une ossature. Les trois premiers matériaux composent des cloisons traditionnelles dont le coût raisonnable est pénalisé par la nécessité d'une main-d'œuvre importante, impliquant la manipulation d'un matériau lourd et salissant. Ils composent cependant de "vraies" cloisons en dur appréciées par ceux que la maçonnerie rassure. Les deux derniers matériaux composent des cloisons dites sèches car leur mise en œuvre ne nécessite aucun apport d'eau et s'effectue uniquement avec des outils du type perceuse/visseuse. Leur principal avantage, reste cependant leur faible poids qui leur permet de s'implanter partout sans craindre de surcharge pour le plancher existant.

Les cloisons fonctionnelles

On appelle ainsi des cloisons qui intègrent un agencement, permettant ainsi de réduire l'encombrement de ce dernier sur la surface de la pièce. Une des solutions astucieuse fréquemment utilisée consiste à créer deux placards de rangement implantés en quinconce, côte à côte, chacun faisant face à la pièce qu'il concerne. Lorsqu'il s'agit de penderies, la profondeur minimale étant de 60 cm, cette solution permet de gagner au moins 30 cm dans chaque pièce. Le même principe peut être appliqué pour créer des bibliothèques dont le fond détermine la véritable séparation. L'encombrement global (à répartir sur les deux pièces voisines) ne dépasse pas alors leur profondeur additionnée de l'épaisseur du matériau qui constitue leur fond.

Les cloisons partielles

Ces cloisons ont l'intérêt de délimiter différents espaces sans les diviser complètement. Elles s'adaptent en particulier aux chambres spacieuses qui regroupent différentes fonctions, intègrent la salle de bains, un bureau ou un dressing. Interrompues avant le plafond, elles composent un écran visuel, mais maintiennent la perspective sur l'ensemble de la pièce en permettant au regard de dépasser la limite qu'elles dessinent. Réduites à un muret, elles rythment l'espace, offrant un point d'appui à l'agencement implanté de part et d'autre. Montées du sol au plafond mais animées d'ouvertures, elles offrent des perspectives au regard, faisant ainsi oublier la séparation qu'elles symbolisent.

Les cloisons mobiles

Ces cloisons offrent une solution pratique quand la séparation entre deux espaces n'est souhaitée que temporairement. Ainsi elles s'adaptent très bien aux chambres salles de bains, préservant l'intimité de chacune d'elles en fonction des désirs et des besoins. Elles se composent le plus souvent de panneaux coulissants, voire de portes. Il est important que leur ouverture restitue l'unité du volume et fasse oublier leur présence. Les systèmes de galandage sont dans ce cas particulièrement intéressants car ils permettent de les faire totalement disparaître à l'intérieur des murs lorsqu'ils sont ouverts. Coulissants, les panneaux sont le plus souvent suspendus, supprimant ainsi la nécessité d'un rail au sol remplacé par un simple guide.

L'éclairage

Si l'ensemble du décor de la chambre est réalisé en trompe-l'œil, les deux suspensions éclairant les chevets sont elles bien réelles. Enveloppée par l'abat-jour, la lumière est directe et ponctuelle, et ne risque pas de déranger le voisin de lit.

Plus mise en lumière que véritable éclairage, les sources s'intègrent au mur grâce à la réalisation d'une double cloison. Le résultat est graphique et très architectural, mais nécessite l'apport d'une lumière plus directe pour garantir un bon éclairement du lit.

L'éclairage de la chambre est décisif pour son confort et la qualité de son ambiance. Il doit contribuer à créer une atmosphère intimiste et reposante tout en offrant un niveau d'éclairement suffisant pour la lecture, le travail ou le jeu. L'éclairage idéal est en fait un juste équilibre entre des sources directes et indirectes, diffuses et ponctuelles.

Eclairage général

C'est lui qui donne le ton de la pièce. Il doit offrir un niveau d'éclairement suffisant pour ne pas fatiguer les yeux et donc éviter la création de zones d'ombres. La solution consiste souvent à multiplier les sources en mariant les éclairages directs et indirects. Le sens pratique suggère de prévoir un allumage centralisé à l'entrée de la pièce, commandant simultanément différentes sources y compris des prises commandées. Ces dernières permettent en effet d'utiliser des appareillages ponctuels comme des lampes à poser ou des objets décoratifs pour contribuer à l'éclairage de la pièce. S'il doit être efficace, l'éclairage général doit aussi être esthétique.

Eclairage ponctuel

Son rôle est de mettre l'accent sur une zone précise de la pièce ou sur un objet décoratif. Il est particulièrement important dans la chambre car il concerne l'éclairage des chevets qui doit permettre de lire confortablement sans gêner son éventuel voisin. La source de lumière doit être suffisamment haute, et peut provenir d'une lampe à poser, d'un spot basse tension ou d'une lampe orientable. Cette dernière a l'avantage d'orienter son faisceau lumineux exclusivement vers la zone à éclairer. A noter que les éclairages ponctuels contribuent à l'ambiance de la chambre. Branchés sur des prises commandées en va-et-vient par interrupteur, ils participent à l'éclairage général de la pièce.

Au même titre que les personnes âgées, les très jeunes enfants ont besoin de davantage de lumière car leur capacité visuelle est moitié moins importante que celle d'un adulte de 20 ans. L'éclairage doit donc être généreux pour éviter la fatigue des yeux.

Association mixte pour ces deux chevets qui marient deux lampes orientables, l'une posée, l'autre fixée en applique. L'une et l'autre permettent d'orienter le faisceau lumineux en fonction des besoins.

La mise en lumière d'une chambre passe parfois par des démarches inattendues comme l'éclairage d'un dessous d'armoire. Les faisceaux réfléchis par le parquet offrent un éclairage indirect qui contribue (modestement !) à l'éclairage de la pièce.

Lumière directe

C'est l'éclairage fonctionnel par définition car c'est celui dont le faisceau lumineux est dirigé directement vers la surface utile. Il est donc parfaitement adapté à des activités comme la lecture, le travail ou même le repas. Il est en général offert par des appareils équipés d'un réflecteur opaque qui neutralise la diffusion périphérique de la lumière, et dont la distance par rapport à la surface éclairée détermine le niveau d'éclairement.

Lumière indirecte

Elle est obtenue en orientant un faisceau lumineux sur une surface qui joue le rôle de réflecteur et renvoie la lumière vers la pièce. La lumière est atténuée et beaucoup plus douce, mais le système nécessite une surface parfaitement lisse, claire et mate. Une surface irrégulière laisse apparaître tous ses défauts (ce qui peut être un effet décoratif voulu), une teinte foncée absorbe la lumière, et une finition brillante reflète la source de lumière et provoque un éblouissement.

Deux familles de lampes

Les lampes à incandescence regroupent la première génération avec les lampes d'Edison qui respectent les couleurs mais dont le niveau d'éclairement est moyen, et la deuxième génération avec les sources à halogène dont le niveau d'éclairement est nettement supérieur et la durée de vie deux fois plus longue. Leur lumière très blanche est caractéristique. La deuxième grande famille de lampes sont les lampes fluorescentes dont les tubes illustrent la première génération et les lampes fluorescentes compactes la deuxième. Leur efficacité d'éclairement est meilleure que l'incandescence, elles consomment moins d'énergie et ont une durée de vie plus longue. Leur meilleur niveau d'éclairement étant atteint après un petit temps de chauffe, elles sont plus adaptées aux lumières d'ambiance dont le temps d'utilisation est plus long.

La chambre appartement

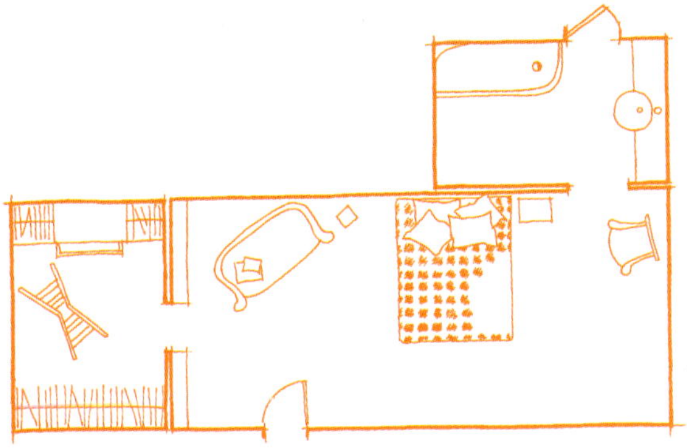

On nomme ainsi une chambre dont la fonction ne se résume pas à offrir un lieu de sommeil. Véritable espace à vivre, elle intègre en premier lieu un dressing et une salle de bains, mais s'enrichit volontiers d'un bureau, d'un espace de jeux ou de gymnastique. L'espace, l'intimité et l'indépendance qu'elle offre séduisent toutes les tranches d'âges.

La chambre dispose d'un bel espace et s'articule entre le dressing théâtral et la salle de bains en tadelakt. Le sol en béton teinté intègre des plaques de marbre pour créer un revêtement original tandis que la bibliothèque se compose de caisses de vin de Bordeaux empilées et fixées entre elles.

Spectaculaire, le dressing dispose de son espace indépendant, mais reste néanmoins ouvert sur la chambre. Des étagères hautes permettent d'exploiter toute la hauteur tandis que les murs et les portes en contreplaqué s'habillent de rouge vif pour offrir un caractère asiatique à la pièce.

La chambre appartement

L'agencement d'une chambre appartement ne nécessite pas forcément une très grande surface. Ici la salle de bains et le dressing s'implantent côte à côte astucieusement séparés par la cabine de douche. Chaque fonction dispose d'un espace distinct dont la petite taille est compensée par l'ouverture sur la chambre.

Nécessairement spacieuse, une telle chambre est un luxe dont beaucoup rêvent de disposer. Comme une suite d'hôtel, la chambre appartement est un véritable studio regroupant les facettes les plus intimes du quotidien : chambre, dressing et salle de bains, auxquelles s'additionnent quelques fonctions supplémentaires déterminées par la personnalité et l'âge des occupants.

Un concept pour tous

Le confort, l'intimité et l'indépendance qu'offre une telle chambre séduisent toutes les générations. Même si la présence de leurs parents est encore souvent indispensable, en particulier au moment de la toilette ou des devoirs, les enfants apprécient de disposer d'un lieu bien à eux, suffisamment spacieux pour y dormir, jouer, travailler et inviter des copains. Le parfum de liberté qu'ils y respirent prend toute sa valeur au moment de l'adolescence, quand l'affirmation de la personnalité devient essentielle. C'est sans doute à cet âge que ce type de chambre est le plus apprécié, d'autant plus qu'elle est réalisable dans une pièce de surface raisonnable. En effet, une généreuse hauteur sous plafond (4 m est une hauteur idéale mais 3,30 m peuvent suffire car le lit se contente d'une hauteur de 1,20 m) permet d'envisager la création d'une mezzanine qui libère la surface au sol de l'encombrement du lit. Un cabinet de toilette avec douche et lavabo peut être créé dans un petit volume équivalent à celui d'un grand placard, tandis que le bureau dispose du reste de la surface disponible.

Un agencement réfléchi

Réunir plusieurs fonctions dans une seule pièce nécessite un minimum de réflexion pour que chacune d'elle dispose d'un espace suffisant, d'autant plus quand la surface est réduite. Une telle chambre se conçoit comme un véritable studio et il serait dommage de la cloisonner de façon traditionnelle. Malgré tout il paraît utile de délimiter différentes zones grâce à un agencement astucieux. Cloisons fonctionnelles, partielles ou mobiles sont alors de bonnes solutions, de même que les différences de niveaux permettent aussi de structurer le volume. Ainsi, une armoire dressing peut permettre d'occulter en partie la salle de bains ou une tête de lit implantée au centre de la pièce peut distribuer la partie sommeil et la partie rangement. Le fait de descendre ou monter quelques marches suffit souvent à identifier deux espaces distincts, en particulier s'ils n'ont pas besoin d'être isolés visuellement. Côté gain de place, il est utile de penser multifonctions et mobilité. En effet, le même meuble ou agencement peut avoir plusieurs usages : des coffres de rangement à roulettes additionnées d'un coussin composent des sièges tout à fait acceptables pour les copains, une tête de lit bien conçue peut aussi renfermer quantité de rangements pratiques de même que le dessous de lit peut intégrer de grands tiroirs très utiles… l'important est de réduire la quantité de meubles, de les prévoir mobiles, multifonctions et facilement manipulables.

Bois à l'honneur et esprit bateau pour cette grande chambre logée sous le toit. Salle de bains et dressing s'isolent derrière des cloisons composées de voliges inégales clouées sur une ossature dont la hauteur préserve une large perspective sur la charpente.

Une unité décorative

L'intérêt d'une telle chambre est d'offrir une unité de fonctionnement et il est logique que la décoration valorise cette unité en harmonisant l'ensemble des couleurs et des matériaux. Ainsi, on cherche à uniformiser les revêtements de mur et de sol, en prenant soin de les prévoir résistants à l'humidité afin de s'adapter à la salle de bains qui nécessite des matériaux plus résistants et surtout plus étanches. Certains d'entre eux peuvent cependant répondre sans difficulté à cette attente : carrelages, bois imputrescibles, ou jonc de mer. Chacun d'eux peut s'étirer sans problème de la chambre à la salle de bains. Aux murs, tissus et papiers peints sont déconseillés à proximité de l'eau, mais peuvent s'intégrer dans un environnement plus large. Sans être uniformes, les couleurs doivent s'associer de façon à contribuer à une harmonie globale.

Une implantation astucieuse intègre la salle de bains dans la chambre, préservant l'ensemble du volume grâce à ses cloisons courtes. Chaque recoin est utilisé pour aménager ici un bureau, là une bibliothèque, tandis que l'unité du lieu est valorisée par l'harmonie de bois et de blanc.

Les revêtements de sol

Très important dans une chambre, le revêtement de sol contribue non seulement à sa décoration mais aussi à son confort et à l'ambiance sonore. Sa facilité d'entretien n'est pas négligeable, en particulier dans les chambres d'enfants, même s'il est moins sollicité que dans le reste de la maison.

Les moquettes

Encensée dans les années 70 pour son confort, ses couleurs, sa pose facile et son prix abordable, la moquette a fini par lasser. Les années 80 ont commencé à lui trouver des défauts : entretien difficile, usure rapide, électricité statique… et les années 90 l'ont achevée en la déclarant allergène, truffée de poussière, et d'acariens. Aujourd'hui, on réalise que malgré une chute brutale des ventes de moquette entre 1975 et 1990 les maladies respiratoires ont augmenté de plus de 300 % ! Il semble donc que la moquette n'ait qu'une très faible part de responsabilité. Les moquettes disposent maintenant de nombreux labels de qualité parmi lesquels les labels Scotchgard ou Téflon, garantissant un traitement contre les tâches, et la norme NF, garantissant le respect des normes nationales de sécurité, de fabrication et de qualité. On distingue trois procédés de fabrication : les aiguilletées, les plus économiques, constituées d'une nappe fixée par enduction de polyamide ; les tuftées, dont les fils sont fixés dans le dossier par piquage de touffes, elles-mêmes tenues par enduction de latex ou de mousse PVC ; les tissées, les plus chères, dont le velours et le dossier sont réalisés simultanément sur un métier à tisser. Les prix varient en fonction de la densité de la moquette qui détermine sa résistance : plus elle est dense, mieux elle vieillit.

Les parquets

On distingue deux grandes familles de parquet, les massifs et les contrecollés, auxquelles on additionne les parquets stratifiés, nommés ainsi à tort puisqu'ils ne contiennent aucun bois noble. Les massifs sont traditionnellement cloués sur lambourdes (même sur une dalle en béton) mais peuvent aussi être collés. Les contrecollés sont composés d'une couche d'usure en bois noble épaisse de 2 à 6 mm qui détermine l'esthétique et la résistance du parquet, d'une

**Atmosphère intime et originale pour cette chambre éclairée par la luminosité de son parquet lasuré blanc.
Un trompe-l'œil en perspective lui offre un volume inattendu et rompt l'uniformité du revêtement de sol.**

La terre cuite s'invite volontiers dans les chambres des régions ensoleillées. Son inertie naturelle est un bon régulateur de température et d'humidité. Jamais froide, elle sait être fraîche sous les pieds même quand l'air est très chaud.

couche intermédiaire en contreplaqué, MDF ou panneaux de particules, qui intègre les rainures et les languettes d'assemblage, et d'un contre-parement qui assure la stabilité de l'ensemble. Ils ont l'avantage d'être minces (à partir de 10/15 mm d'épaisseur), et d'être moins sensibles aux variations hygrométriques. Ils peuvent être cloués à condition d'être épais d'au moins 22 mm, ou posés en pose flottante bien que ce principe de pose soit peu à peu abandonné pour la pose collée, plus confortable. Les parquets stratifiés offrent une belle alternative économique et leur très faible épaisseur (7 à 8 mm) leur permet de s'adapter partout, en particulier en rénovation quand les massifs et les contrecollés s'avèrent trop épais.

Les revêtements naturels

On regroupe sous cette appellation des revêtements composés de tissages plats de fibres végétales collées sur une sous-couche en Latex ou cousu sur un dossier en feutre, jute ou coton. On leur reproche parfois une certaine rugosité sous les pieds nus, mais elles constituent un bon isolant contre le froid et régule l'hygrométrie ambiante en absorbant les excès d'humidité qu'elles restituent ensuite quand l'air s'assèche. Parmi les fibres les plus répandues, on distingue le coco, économique et rustique, le jonc de mer, résistant et imperméable, le sisal, raffiné et décoratif, et le jute, soyeux et bon marché. Ces revêtements en fibre ont en commun de nécessiter le passage régulier de l'aspirateur. Par contre, si le jonc de mer nécessite un entretien à la serpillière et s'adapte très bien aux pièces humides, ce n'est pas le cas des trois autres qui craignent l'eau et s'entretiennent à sec. Leur vrai défaut est d'être sensible aux tâches, qu'ils craignent cependant moins dans l'environnement feutré de la chambre.

Le béton s'invite maintenant dans la chambre en composant des revêtements de sol économiques, originaux et souvent créatifs. Teinté, poli, ciré, il donne naissance à des sols contemporains faciles à entretenir et agréables sous les pieds.

Le béton teinté et ciré compose un revêtement nouveau pour la chambre et étonne par son raffinement. Son coût est très abordable et son entretien facile, ce qui lui offre deux atouts non négligeables.

Les revêtements naturels offrent une douce chaleur à la chambre et s'harmonisent parfaitement à d'autres matériaux naturels comme la pierre ou le bois. Leur capacité à réguler l'humidité ambiante leur offre un atout de plus.

DÉCORATION

Les têtes de lit

Elles ont à la fois un rôle esthétique et pratique. En effet, si elles contribuent au décor par l'apport d'une couleur ou d'un matériau, elles ont aussi pour vocation de protéger le mur de l'encrassement engendré par les frottements répétés. Leur rôle peut cependant être plus fonctionnel car elles deviennent facilement des sources de rangement, intègrent des chevets, et permettent même parfois de structurer l'espace.

Des rangements en plus

Une tête de lit n'est pas forcément une surface plane habillée de bois, rotin, tissu ou de tout autre matériau. Elle peut prendre de l'épaisseur en éloignant le lit du mur. Plus haute ou plus large que la literie, des étagères ou des rangements accessibles de face peuvent s'y intégrer, une partie du coffrage (correspondant à la tête de lit proprement dite) étant cependant perdue. Une solution astucieuse consiste à prévoir des rangements latéraux télescopiques : ce n'est pas le fond des meubles qui est contre le mur, mais leur côté. Le lit se décolle donc du mur de l'équivalent de la largeur des meubles. Ces derniers s'aménagent avec un équipement télescopique qui, une fois ouvert, devient accessible par son côté. Un tel agencement suppose de disposer de suffisamment de place de part et d'autre du lit pour pouvoir ouvrir complètement chaque meuble, soit pour un lit de 160 cm, au moins 80 cm de chaque côté. Attention, s'il offre des rangements inattendus, ce type d'agencement supprime les traditionnels chevets qui gêneraient l'ouverture des meubles.

Des sources d'implantation

La traditionnelle tête de lit s'adosse au mur, mais elle peut de la même façon s'implanter au centre de la pièce, permettant ainsi de structurer le volume. Dans une chambre salle de bains ou une chambre dressing, elle peut devenir le moyen de diviser les deux espaces sans les séparer. Meuble bas, simple ou double face, morceau de cloison, structure maçonnée, tout est envisageable selon les besoins et la décoration de la chambre. Une différence de niveau peut également devenir le point d'ancrage d'une tête de lit, toujours dans une implantation centrale. Conçues comme des agencements à part entière, elles peuvent non seulement intégrer des rangements mais aussi les chevets qu'elles permettent de supprimer pour gagner de la place. On peut y encastrer des luminaires ou les poser en applique à condition de prévoir l'alimentation électrique indispensable. A l'extrême, on peut même envisager de prévoir la place de la chaîne hi-fi et de ses enceintes...

La soupente était si basse qu'une double cloison a été créée en avancée, permettant ainsi de créer des niches chevets intégrées au mur. La fantaisie de leur découpe leur offre une connotation vaguement orientale.

Adossée à la soupente, la tête de lit offre un véritable agencement regroupant étagères ouvertes, rangements et penderies. Un aménagement compact et complet dont l'allure est allégée par le mariage de bois clair et de blanc.

L'art et la manière d'adosser un lit contre une fenêtre, à condition que l'allège de cette dernière soit suffisamment haute. Un simple coffrage débordant de part et d'autre permet d'installer lampes de chevets et petits objets sans gêner son ouverture.

Les têtes de lit

La tête de lit est indispensable pour protéger le mur contre lequel le lit s'adosse. Elle sert d'appui et préserve les revêtements muraux d'une usure et d'un encrassement excessifs.

Ici, c'est une cloison toute entière qui compose la tête de lit. Implantée en avancée du fond de la chambre, elle permet de libérer un espace suffisant pour l'aménagement d'un cabinet de toilette.

Composition étonnante que ce trompe-l'œil réalisé à même le mur à l'aplomb du lit. Des cadres disséminés et un fronton sculpté offrent un relief et un caractère supplémentaire à l'ensemble.

Détournement et récupération exotique pour cette tête de lit indonésienne, ancienne cloison dont on a supprimé les barreaux pour les remplacer par un tissu assorti à la chambre.

Composition très architecturée pour cette structure de tête de lit qui offre un joli relief à un grand pan de mur uniforme. Si la partie basse est un coffrage perdu, l'encadrement haut offre des étagères bienvenues aux abords du lit.

Les marches et podiums

Simplicité et éclat des couleurs primaires pour cet espace sommeil plus que véritable chambre. Valorisées par un environnement entièrement laqué blanc, elles offrent un caractère architectural et graphique à une implantation très simple.

Installée sous le toit, la chambre exploite la différence de niveaux existante pour déterminer son implantation et celle de la salle de bains. L'harmonie de couleurs et de matériaux commune aux deux crée l'unité de l'ensemble.

Existantes, créées par nécessité ou simplement décoratives, les marches et podiums structurent l'espace et permettent de délimiter des fonctions différentes au sein de la même pièce sans avoir recours à de véritables cloisons. Elles se révèlent aussi de remarquables sources de rangement, très utiles quand la place vient à manquer, et de bonnes solutions techniques pour dissimuler toutes sortes de gaines et d'alimentation.

Structurer l'espace

Existantes ou créées par l'agencement, les différences de niveaux structurent l'espace et offrent de nombreuses possibilités d'aménagement. Elles concernent souvent les grandes pièces qui regroupent plusieurs fonctions : chambre, salle de bains, bureau, dressing… et délimitent les espaces respectifs de chacune d'elles en remplaçant une cloison traditionnelle. Les quelques marches créées pour marquer la différence de niveaux deviennent le prétexte de démarches décoratives souvent créatives. Ainsi, elles peuvent faire l'objet de fantaisie de revêtement de sol afin de marquer la limite des deux espaces : association de matériaux, traitement dissocié de la marche et de la contremarche, jeux de couleurs ou intégration de lumière, beaucoup de détails peuvent ainsi valoriser la différence de niveaux et en faire un élément fort du décor. Quelques marches peuvent devenir le point d'ancrage d'un agencement comme une tête de lit ou un dressing qui forme ainsi une articulation entre les deux niveaux.

Créer des rangements

Les différences de niveaux sont des sources de rangement souvent négligées qui peuvent pourtant rendre de nombreux services. Ainsi dans une hauteur de 30 cm, soit deux marches, on peut créer deux tiroirs classiques ou un seul grand, utile pour les chaussures par exemple. Pour rester pratiques, les tiroirs doivent être adaptés au volume de leur contenu : évitez les petits objets dans les grands tiroirs pour éviter que ces derniers ne deviennent de véritables fourre-tout. Dans la même épaisseur, on peut glisser des chaises pliantes disposées à plat, un aspirateur, une boîte à outils, des affaires de sport… l'accès aux rangements se fait alors par le haut, la partie de plancher correspondant à chaque rangement étant simplement montée sur charnières (du type charnière à piano par exemple). Attention au choix du matériau qui ne doit pas être trop lourd.

Une marche seule échappe à la vue, deux sont un minimum et trois idéales pour maintenir le rythme du pas. Lorsque la différence de niveau est trop faible pour les créer, on valorise l'unique marche grâce à un éclairage adapté ou une différence de matériaux.

Volume préservé pour cette chambre qui offre plus d'intimité à son lit en le nidifiant dans un angle, surélevé sur une estrade. Cette dernière renferme des coffres de rangements et s'appuie contre la cloison qui dissimule la salle de bains.

Résoudre un problème technique

Une différence de niveau génère un espace situé entre le sol d'origine et le nouveau plancher qui, quand il est vide, peut rendre de précieux services techniques. Certaines différences de niveau sont d'ailleurs créées exclusivement dans ce but, en particulier dans la création de salles de bains, lorsque les sanitaires s'implantent un peu loin de la chute d'eau du bâtiment. La pente minimale de 2 cm par mètre nécessaire au raccordement est alors intégrée dans la surélévation du plancher. Celle-ci est donc déterminée par le type de sanitaire mis en place d'une part, et par son éloignement de la chute d'eau d'autre part. Dans la majorité des cas, même si une simple marche suffit, une deuxième est ajoutée dans un souci de sécurité. La création d'un plancher surélevé permet également le passage de nombreuses autres gaines techniques, de l'alimentation d'eau à celle du chauffage, en passant par les gaines électriques. Elle peut également être réalisée pour fournir un niveau intermédiaire entre deux niveaux séparés par une trop grande hauteur, comme c'est parfois le cas entre le sol d'un appartement et celui de sa terrasse.

Le chauffage

Un radiateur ne s'intègre pas toujours avec bonheur dans la décoration. Dissimulé derrière un cache-radiateur conçu pour s'harmoniser à la pièce, il sait se faire oublier tout en jouant son rôle. A noter le coffre en bout de lit qui joue la multifonction, à la fois rangement, assise et table basse.

Esthétique et exotique, le ventilateur est aussi utile : il brasse l'air de la pièce, rabattant l'air chaud vers le bas en tournant dans un sens, l'aspirant vers le haut en tournant dans l'autre.

Les besoins en chauffage d'une chambre sont très variables en fonction du niveau d'occupation des lieux. En effet, une chambre d'adulte peu fréquentée dans la journée n'a pas les mêmes besoins qu'une chambre d'enfant ni même qu'une chambre salle de bains. Aux différences de niveau d'occupation s'additionnent les différences de comportement, certains préférant enfiler un pull quand d'autres montent la température.

S'adapter aux occupants

Il y a ceux qui dorment la fenêtre ouverte en été comme en hiver en doublant couettes et couvertures, et ceux qui se couvrent d'un drap toutes les nuits de l'année en surchauffant l'hiver et climatisant l'été. Bien sûr, ces deux comportements sont extrêmes et nombreux sont ceux qui trouvent un juste milieu entre le stage de santé et le ramollissement par la chaleur, entre l'écologisme pur et dur et le gaspillage aveugle d'énergie. Entre nous, il est démontré que les dormeurs à fenêtre ouverte ont une meilleure qualité de sommeil et sont souvent en meilleure santé que les "enfermés"... Mais il est vrai que tout le monde n'a pas la possibilité d'ouvrir ses fenêtres sur un espace vert, et que les bruits de circulation des voitures sont une bonne raison de les fermer ! Nos besoins toujours croissants de confort rendent le chauffage de la chambre incontournable, mais de façon bien différente selon les occupants. Dans la grande majorité des cas, le besoin de chauffage est ponctuel : la nuit pour certains, le matin au réveil, le soir au coucher, éventuellement plus longuement dans la journée le week-end. Il est important, pour ne pas chauffer en dépit du bon sens et ne pas gaspiller d'énergie, de prévoir une régulation adaptée afin de maîtriser la température de la pièce.

Le plancher chauffant

Le nouveau plancher chauffant dit à basse température (la température du sol ne dépasse jamais 28°C, même par grand froid) peut aujourd'hui être considéré comme le moyen de chauffage le plus confortable. Il émet par rayonnement une

Les acariens détestent le froid. Mettez donc vos couettes au congélateur quelques heures de temps en temps, à condition bien sûr d'en posséder un de grande taille !

Très petite, la chambre joue la simplicité. Des rayures horizontales accentuent la largeur et agrandissent visuellement l'espace. L'absence de chevets offre au radiateur un nouveau rôle inattendu.

Traditionnellement implantés sous les fenêtres, les radiateurs permettent de réduire les sensations de paroi froide. Mis en peinture dans la même couleur que les murs, ils se fondent davantage dans le décor et savent se faire oublier.

chaleur uniformément répartie entre sol et plafond, sans déplacement d'air ni de poussière et supprime l'encombrement (et l'encrassement !) des radiateurs. Ce mode de chauffage est idéal lorsque l'on est amené à se trouver souvent pieds nus, comme dans la chambre, d'autant qu'en version eau chaude il peut être réversible et devenir rafraîchissant l'été. Il admet la plupart des revêtements de sol à condition qu'ils soient scellés ou collés (pas de pose flottante) pour éviter la création d'une lame d'air isolante. Les matériaux à forte inertie comme la pierre, la terre cuite ou le carrelage sont parfaits car ils sont très conducteurs. Le parquet est admissible à condition d'être en bois dur et dense, d'une épaisseur maximale de 14 mm, et d'être collé. Nécessitant une épaisseur de 7 à 10 cm hors revêtement de sol, le plancher chauffant ne peut s'envisager que dans les constructions neuves ou les rénovations lourdes. C'est là son principal inconvénient. A savoir, que le même type de procédé peut s'appliquer sur un mur (extérieur et bien isolé) en plus ou à la place d'un plancher chauffant si ce dernier n'est pas réalisable faute de hauteur suffisante.

Une ventilation indispensable

La recherche d'économies d'énergie a conduit à se préoccuper de l'isolation des bâtiments, les calfeutrant et les isolant de l'air extérieur et de sa pollution, négligeant dans un premier temps leur ventilation et leur renouvellement d'air. Pourtant il est indispensable d'évacuer la vapeur d'eau produite à l'intérieur des locaux sous peine de mettre en péril la pérennité du bâti. De plus, on réalise aujourd'hui que la pollution intérieure est loin d'être négligeable : tabac, CO_2, composés organiques volatils, substances chimiques émises par les matières synthétiques, poussières, acariens, poils d'animaux, pollens, moisissures… une faune et une flore impressionnante que nous inhalons chaque jour, sans parler des effets mal connus encore des différents aérosols, solvants et autres peintures qui diffusent leurs composants dans notre atmosphère. La ventilation est donc incontournable et maintenant obligatoire.

PARKING
STATION

Une chambre pour deux

Si le partage d'une chambre est un choix pour les adultes, il en est rarement de même pour les enfants. Préserver l'intimité et le territoire de chacun sans diviser ou cloisonner l'espace devient alors un casse-tête d'autant plus difficile que la surface est réduite.

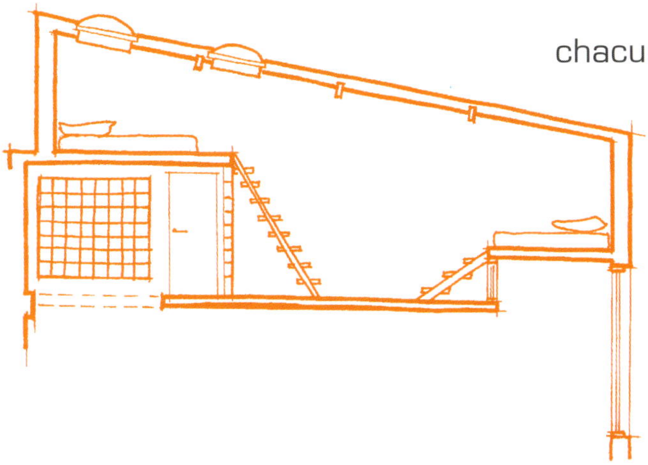

L'aîné s'installe sur la mezzanine, bénéficiant de la lumière offerte par un skydome intégré dans le toit. Celle-ci atteint l'étage inférieur en traversant la dalle de verre encastrée dans le plancher.

Implantée sous les toits, la chambre offre deux territoires individuels articulés autour d'un espace commun réservé au jeu. La partie la plus haute (3,70 m) a permis la création d'une mezzanine "posée" en partie sur la salle de bains en briques de verre.

Le domaine du cadet trouve sa place dans la partie la plus basse de la chambre. Bouchant un vide existant sur l'étage inférieur, le plancher surélevé a permis la création d'un châssis vertical fixe laissant circuler la lumière et le regard.

Une chambre pour deux

Une chambre d'enfant idéale comporte trois territoires distincts : celui du sommeil, celui du travail et de la créativité, et celui du jeu. Conçue pour deux, elle doit si possible les offrir à chacun, sachant toutefois que le dernier peut aisément être partagé, devenant même l'espace commun de la pièce.

La multiplication des besoins

Les lits sont évidemment les premiers équipements indispensables de la chambre et si la superposition est souvent le premier réflexe, elle n'est pas l'unique solution. L'important est de préserver le caractère individuel de la zone de sommeil. Ainsi, un ciel de lit matérialisé par une toile suspendue ou une moustiquaire offre une intimité supplémentaire et un volume à la mesure de l'enfant. Par ailleurs, l'aménagement du tour de lit à l'aide d'étagères ou simplement de poches en tissu suspendues au mur permet à l'enfant de s'entourer de ses objets personnels et de s'approprier ainsi son territoire. Concernant le travail et la créativité, il est important une fois encore que chaque enfant dispose de son propre bureau équipé de rangements adaptés, chacun pouvant ainsi laisser traîner ses affaires sans interférer avec les besoins de l'autre. Les deux bureaux s'implantent côte à côte, face à face ou chacun à un bout de la chambre selon la configuration des lieux et le degré d'entente des deux enfants. L'espace de jeu est le seul qu'il soit facilement envisageable de partager même s'il reste important de prévoir des rangements distincts pour les jouets de chacun.

La distribution de l'espace

Il n'existe pas de solution idéale pour aménager une chambre pour deux. L'âge, la personnalité des enfants, la configuration de la pièce, sont autant d'éléments déterminants. Deux enfants très proches en âge ont les mêmes besoins, souvent les mêmes envies, et en principe le même rythme, alors que la cohabitation d'enfants de 12 et 2 ans s'annonce plus compliquée et nécessite d'emblée la création de territoires bien dissociés. Même si la chambre est spacieuse, on évite les séparations ou les cloisons rigides et on leur préfère des panneaux coulissants ou des rideaux suspendus au plafond dont la mobilité transforme l'espace à volonté. Une grande hauteur sous plafond (au moins 4 m) permet de créer une mezzanine et offre une répartition de l'espace très claire. "L'étage" doit cependant être réservé à un enfant d'au moins 6 ans à moins que l'accès et les protections soient irréprochables. Une pièce tout en longueur se découpe volontiers en trois tranches, la partie centrale étant réservée à l'espace commun, tandis qu'une pièce carrée trouve sa solution grâce à une répartition astucieuse du mobilier, implanté de part et d'autre d'une diagonale par exemple.

Le partage de la décoration

Partager sa chambre, c'est cohabiter avec l'autre, mais c'est aussi faire des concessions pour le choix du papier peint, de la couleur des murs ou des rideaux, voire des tableaux ou affiches à accrocher. Une fois encore, l'âge des enfants est déterminant pour les choix décoratifs. Sans leur donner tout pouvoir, il est cependant important qu'ils donnent leur avis, d'autant plus qu'il s'agit de personnaliser leur territoire. Qu'il s'agisse d'enfants ou d'adolescents, la facilité d'entretien reste primordiale. On privilégie donc les moquettes traitées anti-tâches et les peintures lessivables. Le tableau noir reste un basique pratique pour tous les âges et facilement réalisable sur n'importe quel support lisse (mur, porte d'entrée ou d'armoire…) avec une peinture pour tableau noir disponible dans toutes les grandes surfaces de bricolage. Il a en plus l'avantage de réduire les risques de gribouillage des plus jeunes sur les murs.

Les lits superposés sont bien souvent la solution pour loger le couchage de deux enfants dans un petit espace. Ici c'est un renfoncement existant qui a été mis à profit pour réaliser deux lits conçus sur mesure comme des mezzanines : une structure périphérique fixée aux murs reçoit un plancher de contreplaqué sur lequel repose le matelas.

Le choix et la répartition des couleurs permettent de définir clairement les deux territoires. En effet, murs et sol peuvent s'habiller avec les mêmes matériaux ou revêtements mais déclinés dans des teintes différentes pour chacun des enfants.

Esprit bateau pour ces deux lits superposés créés pour s'adapter à la pièce. Un troisième lit se dissimule dans un grand tiroir qui pourrait aussi bien servir de coffre de rangement.

Partage équitable pour cette chambre pour deux dont l'agencement symétrique dissimule des rangements d'un côté et un coin toilette de l'autre. Les deux cabanes sans plafond sont simplement réalisées en aggloméré puis habillées de voliges de bois brut.

Même si la tentation d'une décoration parfaitement assortie et symétrique est grande, mieux vaut privilégier la création d'un domaine vraiment personnel pour chaque enfant. Dans cette chambre, seules les voitures et la poupée donnent une indication sur les occupants, le reste étant tristement neutre et impersonnel.

MATÉRIAUX

Le verre

Idéal lorsqu'il s'agit de faire circuler la vue ou la lumière, le verre est aussi un matériau fragile qui se brise sous l'effet d'un choc. La solution réside dans l'utilisation des verres dits de sécurité qui se brisent en fragments non coupants ou restent en place après l'impact, préservant ainsi la sécurité des personnes. Quand il est question de laisser circuler la lumière mais pas la vue, verres translucides et briques de verre sont la solution.

Les verres de sécurité

On en distingue trois : le verre armé, le verre trempé et le verre feuilleté. Le premier intègre une armature métallique qui maintient le verre en place en cas de bris. Longtemps réservé à des emplois secondaires voire utilitaires (auvent, vitrages d'atelier...), il trouve aujourd'hui une seconde jeunesse dans la décoration intérieure. Le verre trempé est sans doute le plus résistant. Impossible à découper, il se fragmente cependant en petits morceaux non coupants en cas de choc, ce qui le distingue du verre feuilleté qui, lui, reste en place. Ce dernier intègre en effet un ou plusieurs films PVB (selon les performances attendues) qui maintiennent le verre brisé. Une protection extrême peut être obtenue en réalisant un verre feuilleté avec des glaces de verre trempé. La résistance mécanique est alors excellente et le maintien des bris de verre garanti en cas de choc important.

Les verres translucides

On appelle ainsi les verres qui ont perdu leur qualité de transparence grâce à un traitement de surface tout en gardant la capacité de diffuser la lumière. Imperméables à la vue, ils respectent l'intimité et la pudeur de chacun. Il est utile de savoir que leur qualité esthétique s'accompagne d'une valeur ajoutée qui en fait des matériaux décoratifs parfois un peu onéreux. Les verres sablés ou dépolis sont les plus célèbres des verres translucides. Obtenus par sablage ou trempage dans un bain d'acide, ils offrent tous deux une surface mate qui neutralise la transparence du verre. Les verres imprimés se sont également beaucoup développés à travers des graphismes contemporains qui s'intègrent dans de nombreuses situations. Quand le budget est serré ou que les glaces claires sont déjà en place, les films adhésifs offrent une alternative intéressante, leurs qualités techniques et décoratives ayant fait de gros progrès.

Le verre s'épanouit parfois dans des utilisations inattendues. Ici, il s'intègre dans le sol de la chambre sous la forme d'une dalle de verre feuilleté, offrant un lien visuel surprenant et une circulation de la lumière toujours appréciée.

Les briques de verre

La multiplication des formats, des couleurs et des finitions fait des briques de verre un matériau de décoration plein de ressources. Elles trouvent leur place dans la création d'un second jour pour éclairer une pièce obscure ou dans celle d'une ouverture extérieure quand le vis-à-vis interdit la vue directe. En cloison dans la maison, elles divisent partiellement une pièce en deux ou isolent une chambre d'une salle de bains. Cependant, leur poids doit être pris en compte car il n'est pas négligeable : de 80 à 110 kg par m^2 pour un format standard selon le mode de pose. Quand la création de cloison concerne un plancher d'étage, il est important de s'assurer qu'il peut supporter une telle charge, en particulier lorsqu'il s'agit de combles. Les briques de verre se montent selon trois types de montage différents, plus ou moins simples à réaliser et produisant des résultats variables. Le montage au mortier s'adresse plutôt aux professionnels et donne naissance à des joints épais d'environ 1 cm qui offrent à la cloison un caractère coupe-feu que n'ont pas les autres types de montage. Le montage à sec permet d'empiler les briques autour de raidisseurs puis de réaliser des joints très minces (3 à 4 mm) avec un mastic silicone. Le troisième type de pose concerne davantage les amateurs et consiste à assembler des briques, préalablement enrobées d'un cadre en PVC, par simple emboîtement et collage. Chacun de ces systèmes permet de réaliser des cloisons intérieures ou extérieures, droites ou courbes, de petites ou grandes surfaces.

Intégré dans la cloison, le verre dépoli apporte un peu de lumière en second jour à cette chambre aménagée en sous-sol. Presque opaque vu de l'extérieur, c'est de l'intérieur qu'il révèle sa capacité à diffuser la clarté captée plus haut.

Le verre imprimé emprisonne la lumière dans son graphisme et offre une présence élégante aux cloisons de verre. Incapable d'isoler visuellement, il offre de la réalité une version cryptée, comme brouillée par l'absence de décodeur…

Les occultations

Fixés sur une structure implantée devant les fenêtres, les volets intérieurs en sapin intègrent une bibliothèque centrale. Pleins, ils offrent une obscurité totale avec leur fermeture aimantée. Leur relief artificiellement recréé à l'aide de planches rapportées en fait des éléments décoratifs à part entière.

La chambre est une pièce intime destinée en priorité au sommeil. Sa luminosité naturelle et son orientation lui accordent des qualités moins appréciées lorsque l'heure du repos s'annonce. L'occultation des fenêtres permet alors d'offrir une douce pénombre voire une obscurité totale, intercepte l'entrée des rayons du soleil aux heures les plus chaudes, et garantit l'intimité de la pièce vis-à-vis du voisinage.

L'intimité

De jour, l'intimité est préservée par de simples voilages, sous forme de rideaux ou de stores, insuffisants dès que la nuit tombe et que les lumières s'allument. Les classiques doubles rideaux viennent alors s'additionner à leur transparence indiscrète et redonnent à la chambre son caractère privatif. Côté voilage, toutes les fantaisies sont permises, plus ou moins sophistiquées et coûteuses. Méfiez-vous des voilages colorés qui teintent la lumière souvent de façon inopportune et absorbent d'autant plus la luminosité que leur couleur est foncée ou dense. Si une lumière jaune réchauffe facilement l'atmosphère, une bleue la refroidit, tandis qu'une verte l'attriste et donne mauvaise mine aux occupants ! Sachez qu'une feuille de papier-calque diffuse très joliment la lumière sans laisser passer la vue (effet verre dépoli). Fixé sur la vitre, enroulé sur une barre ou suspendu comme un store, il isole efficacement, reste fragile mais très économique. Dans le registre de l'originalité, le papier bulle (celui qui enveloppe les objets fragiles) a les mêmes atouts tout en étant moins fragile.

La pénombre

A mi-chemin entre la pleine lumière et l'obscurité, la pénombre évoque irrésistiblement l'heure de la sieste, celle des enfants mais aussi celle des plus grands. Comme pour différencier cette plage de sommeil qui n'appartient pas à la nuit et garder conscience du jour présent, l'obscurité complète n'est pas recherchée. Volets entrebaîllés, persiennes ajourées, rideaux légers et stores à lamelles offrent de multiples possibilités de tamiser la lumière en douceur. Les lamelles de bois ou d'acier des stores horizontaux donnent naissance à des jeux d'ombres séduisants et évocateurs. Ils sont parfois relayés par les stores dits "californiens", stores à lames verticales, encore marqués par une forte utilisation dans le tertiaire mais aujourd'hui proposés dans de nombreuses finitions et coloris. Contrairement aux stores horizontaux qui se fixent directement sur les battants ou très au-dessus de la baie pour ne pas en contrarier l'ouverture, ces "stores" verticaux se manipulent très facilement et se regroupent sur un ou deux côtés, dégageant ainsi la fenêtre pour son ouverture.

L'obscurité

Elle est recherchée pour la nuit, afin de ne pas être dérangé par la clarté de la lune, des lampadaires de la rue ou le lever matinal du jour. La recherche d'obscurité est très personnelle car certains s'en passent aisément pour dormir comme des bébés alors que d'autres sont indisposés par la moindre clarté. Les volets restent la solution la plus efficace, à condition bien sûr

Réalisé sur mesure pour une fenêtre atypique, cet original rideau se suspend simplement à des crochets et sert de coussin à l'occasion. Réalisé dans un lainage opaque et molletonné, il intercepte la totalité de la lumière.

Les occultations

qu'ils ne soient pas persiennés ou ajourés d'un joli cœur. Intérieurs, ils ne contribuent pas à la sécurité de la maison, mais sont plus aisés à manipuler puisqu'ils ne nécessitent pas l'ouverture de la fenêtre. Tout en contribuant à la décoration de la chambre, ils offrent une véritable obscurité à condition d'être pleins et de couvrir parfaitement le clair de vue de la fenêtre. Les doubles rideaux offrent une solution classique et décorative. Réalisés dans des tissus au tombé lourd, ils forment une bonne isolation contre la paroi froide que constituent les vitres et offrent une surface absorbante aux sons, contribuant à réduire la résonance de la pièce. Faciles à manipuler, ils remplacent souvent les volets en particulier lorsqu'il s'agit de s'isoler temporairement.

Le caractère pratique des systèmes d'occultation reste prioritaire. Leur choix doit aussi être déterminé par le système d'ouverture des fenêtres, les possibilités de fixation, leur facilité de manœuvre, et leur encombrement autant ouverts que fermés (y compris pour de simples rideaux).

Longtemps confinés dans les bureaux, les stores californiens s'invitent aujourd'hui jusque dans la chambre à laquelle ils offrent une belle lumière tamisée. Faciles à manipuler et à nettoyer, ils se présentent en version opaque ou transparente et en de multiples coloris.

Système d'ouverture surprenant pour des doubles rideaux qui accentuent ainsi leur caractère graphique. Un autre apport de lumière de la chambre et un vis-à-vis peu séduisant justifient leur maintien tout au long de la journée.

Décor romantique pour une chambre disposant d'une grande hauteur sous plafond (3,70 m). Des métrages de toile à beurre se déploient pour habiller le baldaquin et la fenêtre. Deux lés de 1,50 m réunis par une couture forment un capuchon de capucin souligné d'un gland de passementerie. Attention, leur mise en place ne facilite pas la manipulation de la fenêtre…

S'ils tamisent joliment la lumière, les stores en bois présentent l'inconvénient de demeurer encombrants lorsqu'ils sont relevés. Négligeable s'ils sont fixés directement sur la fenêtre, ce détail devient essentiel lorsqu'ils sont fixés au-dessus d'ouvrants traditionnels à la française dont ils risquent de contrarier l'ouverture.

Les seconds jours

Accolées côte à côte, la chambre et la salle de bains se partagent la lumière des fenêtres de toit grâce à la création d'une cloison vitrée à mi-hauteur. Le lien visuel est maintenu et l'intimité préservée grâce à l'addition de stores bateau en tissu.

Véritable chambre collective, la pièce accueille deux petits jumeaux et leur grand frère. Pour ne réduire ni le volume, ni la luminosité, une cloison vitrée a été implantée de façon à distribuer la surface en deux espaces séparés, afin que chacun s'approprie son propre territoire.

Aménagé dans les 80 m² d'un ancien atelier, l'appartement dispose d'un volume et d'une lumière confortables qu'il aurait été dommage de réduire avec des cloisons classiques. La cloison vitrée s'est imposée tout naturellement pour délimiter le domaine de la chambre maintenant un lien visuel et une perception globale de l'espace.

Si la surface habitable conditionne le confort d'un logement, sa luminosité joue un rôle essentiel et contribue à la qualité de vie. Il est bien rare que toutes les pièces bénéficient d'une lumière abondante et tous les logements ont leurs "parents pauvres". Pourtant, la lumière ne demande qu'à circuler à condition de se trouver un chemin à travers les murs et les cloisons pour atteindre les coins les plus sombres auxquels elle offre joliment un "second jour".

Traverser les murs

N'ayant pas la qualité d'un passe muraille, la lumière ne traverse la maçonnerie qu'à condition d'y trouver un passage. L'opération ne présente aucune difficulté lorsqu'il s'agit d'une cloison. N'ayant aucune fonction porteuse, celle-ci peut être ouverte voire supprimée sans mettre en péril la structure du bâtiment. Ainsi, on peut envisager des ouvertures de baies de toutes sortes de formes et dimensions, remplacer la cloison existante par des briques de verre, sans que l'intervention d'un professionnel soit indispensable. D'autre part, la démolition totale ou partielle d'une cloison peut s'effectuer sans demander l'accord de la copropriété concernée, ce qui n'est pas le cas pour un mur porteur. En effet, le rôle porteur de ce dernier en fait un élément constitutif de la structure du bâtiment. Celle-ci appartenant à la copropriété, l'autorisation de cette dernière est indispensable pour en démolir ne serait-ce qu'une partie (même si vous êtes propriétaire de l'appartement). Dans tous les cas, un locataire doit obligatoirement demander l'autorisation à son propriétaire, même s'il s'agit d'ouvrir une cloison, sous peine de se voir exiger une remise en l'état d'origine au moment de la restitution du logement.

Ouvrir un mur porteur

Pratiquer une ouverture dans un mur porteur revient à créer une fenêtre dans un mur de façade. Comme son nom l'indique, le mur "porte" le bâtiment. Entamer une partie de sa surface revient à réduire ses capacités porteuses. Cette perte doit donc être compensée par la création d'une structure de substitution. De la même façon que chaque ouverture de fenêtre est surmontée d'un linteau (poutre horizontale surmontant la baie), chaque ouverture de mur porteur est surmontée d'une poutre. Celle-ci repose sur des poteaux placés de part et d'autre, et forme avec eux un portique qui supporte la charge initialement portée par le mur. Une telle intervention n'est pas anodine et nécessite les capacités d'un professionnel qui calcule le dimensionnement de la poutre en fonction de la charge à reprendre. Ses assurances professionnelles sont par ailleurs une bonne garantie en cas de problème. Bon à savoir : une intervention sur un mur porteur inquiète souvent le voisinage même si elle ne provoque que rarement des fissures dans le bâtiment. Afin de ne pas vous voir attribuer toutes les fissures antérieures de vos proches voisins (et d'être mis en demeure de remettre leur logement à neuf), il est utile de procéder à un constat des lieux avec ces derniers avant l'intervention du maçon. Au cas où…

Créer un lien visuel

La création d'un second jour ne s'accompagne pas systématiquement de celle d'un lien visuel. En effet, l'intimité de chaque pièce peut être préservée grâce à l'utilisation de verre translucide ou de briques de verre. Il se peut, par contre, que la création d'un lien visuel soit une solution intéressante pour modifier la perception de l'espace tout en préservant l'unité de chaque pièce. Les ouvertures entre les pièces créent une nouvelle relation entre elles, offrent de nouvelles perspectives et angles de vue particulièrement appréciés dans les petits appartements.

TECHNIQUE

Les mezzanines

Composition mixte à double titre pour cette mezzanine aérienne : le plancher marie deux IPN latéraux avec des solives de bois, tandis que l'ensemble se suspend à la charpente d'une part et repose sur deux poteaux d'autre part, la cloison étant incapable de supporter son poids.

Dans ce studio où règnent les teintes vives et toniques, la mezzanine offre une intimité au lit qui s'approprie son domaine grâce à une mise en couleur différenciée.

C'est l'idée gain de place idéale, à condition de disposer d'une hauteur suffisante et d'adapter sa fonction à ses dimensions.

La hauteur

La hauteur disponible est déterminante, sachant que l'on préserve de préférence une hauteur de 1,90 m à 2,00 m sous le plancher de la mezzanine. En deçà de 3 m, le projet est compromis car la mezzanine dispose alors de moins de 1 m de hauteur sous plafond… Entre 3 m et 3,80 m, l'étude est envisageable à condition de réserver la mezzanine au couchage ou à un lieu de détente qui se contentent d'une hauteur située entre 1,20 m et 1,50 m. Au-delà de 3,80 m de hauteur, tous les projets sont envisageables.

L'implantation

A moins de disposer d'une très grande hauteur sous plafond et de plus de 2 m sous le plancher de la mezzanine, on évite d'implanter cette dernière au-dessus de la porte. En effet, le plafond assez bas risque de provoquer la sensation désagréable de rentrer dans un lieu étriqué manquant d'espace. Afin d'exploiter au mieux la luminosité de la pièce, placez-la face aux fenêtres. Son accès doit à la fois être peu encombrant et adapté à sa fonction : une échelle convient pour l'accès d'un couchage mais beaucoup moins pour celui d'un bureau alors que l'utilisateur est susceptible d'avoir les bras chargés de livres ou de documents divers. On implante l'escalier de préférence le long d'un mur afin de libérer la surface au sol.

La surface

La surface de la mezzanine dépend à la fois de la surface de la pièce concernée et de la fonction qui lui est attribuée. Ainsi, 2 m^2 sont un minimum pour installer un lit individuel (0,90 × 1,90) auquel on peut additionner une surface utile pour créer une étagère chevet ou un petit dégagement (pratique pour faire le lit !). Environ 3 m^2 sont nécessaires à un lit de 1,40 m ou 1,60 m de largeur.

Ambiance champêtre pour cette chambre dont le lit s'installe sous un baldaquin végétal. Les troncs de bouleau ne sont pas seulement décoratifs car, ancrés dans le sol à l'aide d'une tige métallique, ils portent l'une des poutres du plancher de la mezzanine.

Implantée au-dessus du séjour, la mezzanine s'isole à volonté derrière des persiennes dont l'ouverture peut être réglée grâce à des baguettes.

Une fois encore un peu d'espace autour du matelas est bienvenu et la surface atteint facilement 4 à 6 m². Au-delà de 6 m², tous les agencements sont envisageables à condition de disposer d'une hauteur suffisamment confortable (1,80 m).

Les matériaux

Le bois demeure le plus abordable, à plusieurs titres. Economique, il est facile à mettre en œuvre, offre beaucoup de liberté et met la réalisation à la portée d'un bon bricoleur. Son principal inconvénient est de nécessiter des sections assez importantes dès que la portée est grande. Il fait ainsi perdre de précieux centimètres quand la hauteur est limitée. Le métal a l'avantage de donner naissance à des structures minces et "légères" : pour une portée égale, une poutre métallique est en effet presque moitié moins haute qu'une poutre en bois. Le métal présente cependant l'inconvénient d'être plus difficile à manipuler, couper ou assembler, et nécessite des compétences et un équipement appropriés. Une structure mixte peut être une bonne solution pour résoudre à la fois un encombrement trop important en hauteur et une surcharge de poids.

L'accrochage

L'accrochage du plancher peut s'effectuer sur les murs à condition qu'ils soient porteurs. Les poutres sont directement ancrées dans le mur, ou s'appuient plus simplement sur un sabot métallique ou un linçoir fixés au mur. Lorsque les murs ne sont pas porteurs, il est préférable de les faire reposer sur des poteaux accolés aux murs, créant ainsi une structure de portique. Quand la mezzanine s'implante sous une charpente ou une structure de poutres porteuses, la suspension du plancher est envisageable.

Une mezzanine crée toujours une surcharge de poids sur le plancher existant et il est important de s'assurer que celui-ci peut la supporter, en particulier lorsqu'il s'agit d'un bâtiment ancien.

Chaleureuse et accueillante, cette chambre d'amis dissimule discrètement plusieurs fonctions. Son grand lit est en réalité un canapé adapté au salon télé qu'elle redevient quand les amis s'en vont et l'ouverture de son armoire révèle un coin bureau inattendu.

Trois profonds tiroirs offrent une bonne solution de rangement pour la couette et les oreillers qui se font oublier en l'absence d'amis à la maison.

La chambre d'amis

Désir authentique de convivialité ou conformisme bourgeois, la chambre d'amis devient le fantasme à intégrer dans le moindre projet de maison, parfois au détriment des autres chambres. Véritable luxe quand les surfaces des logements diminuent, elle se préserve au prix d'une discipline quotidienne qui lui épargne des envahissements de toutes sortes.

Caché dans l'armoire, le bureau est insoupçonnable. Pourtant, il suffit d'ouvrir les portes et de coulisser la tablette-clavier pour pouvoir utiliser l'ordinateur.

IMPLANTATION

La chambre d'amis

Pas tout à fait chambre, mais vrai couchage, le lit pour les amis s'extrait du podium de la salle de bains dans lequel il se dissimule en dehors des périodes d'utilisation. Une solution originale, très astucieuse et gain de place...

Improviser une invitation à dormir après un repas un peu arrosé se prolongeant tard, inviter sans retenue des amis à venir partager un week-end, proposer sans complexe un séjour à la maison à ses parents, enfants ou petits-enfants, voilà les plaisirs que peut offrir une chambre d'amis. Pour beaucoup, le simple fait de rendre possible l'accueil des proches suffit à justifier le sacrifice d'une pièce de la maison. Encore faut-il avoir une pièce de libre...

En déterminer le besoin

Le désir de chambre d'amis est partout. Quel que soit le milieu social, l'éducation, le budget, il est mentionné dans presque tous les programmes de construction de maisons individuelles. Devenue un véritable fantasme, la chambre d'amis s'impose parfois au détriment de l'agencement intérieur, alors même que son besoin n'est pas démontré. Avant de consacrer de précieux m^2 à cette pièce, il convient de se poser quelques questions dont les réponses peuvent être enrichissantes. Combien de personnes sont-elles susceptibles d'occuper cette chambre d'amis ? L'occasion de recevoir à dormir se présente-t-elle souvent ? Enfants et petits-enfants viendraient-ils plus souvent s'ils pouvaient rester dormir ? Une fois le véritable besoin déterminé, il reste à prendre sa décision en fonction de sa propre échelle de valeur : pour certains, il est essentiel de garder la possibilité d'accueillir amis et famille dans de bonnes conditions, même seulement deux fois par an et au prix d'un sacrifice d'espace pour la vie quotidienne.

La garder disponible

Une chambre d'amis idéale est un véritable petit studio intégrant lit, rangements, table et chaise, cabinet de toilette, poste de télévision et appareil de musique. Comme une chambre d'hôtel, elle doit être suffisamment impersonnelle pour s'adapter à tous et suffisamment chaleureuse pour être accueillante. Les occupants temporaires doivent pouvoir prendre possession des lieux le temps de leur séjour. Les placards, commodes et armoires doivent donc rester vides et disponibles même s'il est très tentant d'y stocker les affaires de ski, les équipements sportifs ou les vêtements de saison, surtout si la maison manque cruellement de rangements. Il est en effet très désagréable de se sentir "de trop" devant une armoire pleine. Cependant, il s'avère souvent difficile de préserver la virginité de la chambre d'amis, le manque de place étant le mal récurrent de nombreux logements. Une solution consiste à l'exploiter "discrètement", en la transformant en un salon TV dont on saura facilement se passer occasionnellement, en pièce de travail dont le bureau pourra se dissimuler dans une armoire ou derrière des portes coulissantes.

Lui trouver sa place

Le désir peut être réel, le besoin aussi, encore reste-t-il à trouver la place ! Une chambre peut se rendre disponible après le départ d'un enfant, s'offrant ainsi une seconde vie plus gaie que celle du temple d'une enfance envolée. La chambre grandit elle aussi en devenant une chambre d'adulte réservée à l'accueil d'un couple. Quand les enfants sont là et bien là, on peut envisager de se tourner vers les combles encore inexploités. Bien éclairés grâce à des fenêtres de toit, les combles offrent souvent un beau volume adapté à la création d'une chambre chaleureuse. La cave peut aussi offrir quelques possibilités à condition d'être saine et bien ventilée, de disposer d'une hauteur sous plafond acceptable et idéalement d'une entrée de lumière naturelle. Cette dernière peut éventuellement être créée en réalisant une cour anglaise de la largeur d'une fenêtre, joliment baptisée "saut de loup". Malgré tout, la décoration, l'éclairage et l'accès doivent être soignés pour faire oublier cette implantation souterraine. Dépendances et garages peuvent également être rénovés et transformés, offrant une indépendance supplémentaire aux invités.

Faute d'espace disponible, les amis se contentent souvent du canapé-lit du séjour. Ne négligez pas les détails qui lui offriront davantage de confort et d'intimité : rideaux, cloisons mobiles ou paravents, chevet et éclairage adapté, "valet" pour les vêtements...

Ambiance monacale pour cette chambre d'amis aménagée dans une ancienne bergerie. L'accès direct sur l'extérieur offre aux invités une indépendance appréciable.

Baptisée "la ruche", cette grande chambre aménagée sous les toits n'attend plus que des essaims d'enfants pour résonner de leurs chuchotements et de leurs rires. De délicats voilages suspendus offrent à chaque lit un peu d'intimité.

Les textiles et les vanneries

Du linge de lit aux rideaux, en passant par le revêtement mural, les tissus sont partout dans la chambre, au point que leur choix en détermine la décoration. En effet, certaines pièces transforment leur ambiance grâce à un simple changement de rideaux, de jeté de lit ou de coussins, s'offrant ainsi la possibilité de créer une harmonie d'hiver et une d'été. Plus inattendue, la vannerie s'invite en douceur dans l'univers de la chambre à laquelle elle apporte son charme et ses capacités de rangement.

Des tissus multiples

Expression de l'art décoratif, le domaine du textile fait depuis des siècles l'objet de progrès constants et d'innovations tant techniques que créatives. Offrant une grande variété de matières, de styles ou de couleurs, le tissu demeure un élément décoratif incontournable. Léger et transparent comme une étamine de coton, ou lourd et occultant comme un velours, il donne aux fenêtres leur caractère, filtre la lumière, la colore ou l'intercepte. Souple et absorbant, il contribue au confort acoustique de la pièce dont il réduit la résonance. Sous la forme d'épais doubles rideaux, il élimine la désagréable sensation de paroi froide ressentie à proximité des vitrages dès la tombée de la nuit. Tendu sur les murs en revêtement décoratif, il demeure classique, mais offre une fois encore une isolation thermique et acoustique appréciable.

De l'osier traditionnel

Rotin et osier composent toutes sortes de meubles ou d'objets et illustrent des savoir-faire très anciens. Cependant, il est utile de distinguer le rotin de l'osier car tous deux n'ont pas les mêmes origines et les mêmes qualités. Saule à rameaux flexibles, l'osier est le fruit d'une très ancienne tradition française et toutes les maisons de famille en abrite sous de multiples formes, des malles aux paniers en passant par toutes sortes de corbeille. Même s'il

La vannerie sait se marier au bois pour composer des meubles à l'élégance contemporaine que l'apport de couleurs vives égaie joliment.

Enlevez les textiles, il ne restera pas grand-chose du décor de cette chambre… Ce sont en effet les tissus qui lui donne tout son caractère.

craint l'humidité, il reste néanmoins très solide et bon nombre de paniers l'ont prouvé en traversant les générations. Aujourd'hui, le marché est envahi par une nombreuse production essentiellement asiatique, beaucoup plus économique mais d'une qualité parfois discutable. En effet, trié sans soin et façonné rapidement cet osier est souvent grossier, vieillit très mal et se casse facilement. Une beau panier réalisé dans les règles de l'art est un travail artisanal qui a son prix largement justifié par sa qualité et sa résistance. Les paniers trouvent leur place dans les chambres à coucher avec beaucoup d'aisance. Selon leur taille et leur forme, ils sont panier à linge, à jouets, tiroirs de commode ou coffre sous le lit. Leur charme ne cesse d'être apprécié même si leur caractère pratique reste parfois à démontrer.

Du rotin contemporain

Importé de Malaisie, des Philippines ou d'Indonésie (qui produit la meilleure qualité), le rotin provient du "rotang", un petit palmier touffu et épineux qui produit d'immenses tiges courant sur le sol ou grimpant aux arbres et pouvant atteindre jusqu'à 150 m de longueur. Robustes et souples, ces lianes sont cintrables et non cassantes. Elles peuvent être travaillées avec leur écorce (appelée éclisse) grâce à laquelle elles gagnent un caractère imputrescible. Lorsqu'elle est enlevée, cette dernière est utilisée pour réaliser des ligatures et des cannages de chaises. Une fois tissée, elle devient aussi un revêtement décoratif susceptible d'habiller des panneaux de bois. Etuvé à 100 °C, le rotin est ramolli pour être travaillé. C'est en refroidissant qu'il se durcit et garde en mémoire la forme qui lui a été imposée. Les assemblages s'effectuent le plus souvent par agrafages ou vissages, dissimulés par des ligatures également réalisées en cuir. La finition s'effectue en général avec une teinture à solvant appliquée au pistolet puis tirée au spalter. L'ensemble est ensuite protégé avec un vernis polyuréthane appliqué lui aussi au pistolet. Ce type de finition n'exige aucun entretien particulier et n'a aucune raison de s'altérer sur un mobilier d'intérieur.

Ambiance claire et fraîche pour cette chambre qui marie le blanc décliné en différentes matières avec des meubles en moelle de rotin tressé sur une structure en canne de rotin.

Un grand volume nuit parfois à l'intimité de la chambre. Le baldaquin devient alors une solution décorative.

Les alcôves

Esprit cabane pour ces deux lits superposés réalisés sur mesure. Agrémentés de petits rideaux, ils adoptent un esprit "alcôve" qu'adorent les plus petits.

Initialement destinées à abriter les lits du froid et leur offrir plus d'intimité, les alcôves sont au fil du temps devenues de pures démarches décoratives sans pour autant se défaire d'une délicieuse image coquine. N'ont-elles pas donné naissance à l'expression "secrets d'alcôve" ? Si les alcôves d'aujourd'hui sont moins romantiques, elles ont cependant gardé un charme certain et inspirent des agencements actuels.

Au cœur des murs

La véritable alcôve s'inscrit au cœur des murs qui l'enveloppent et lui offrent un plafond rabaissé par rapport à celui de la pièce. Elle s'inscrit dans un renfoncement existant ou créé pour elle, aux dimensions adaptées à celles du lit. Il s'agit "d'envelopper" le lit et non de l'enfermer. Il est donc indispensable de prévoir suffisamment d'espace de part et d'autre du couchage afin d'y accéder sans difficulté et d'y installer des chevets. Le risque d'une alcôve un peu étriquée est de donner naissance à une sensation de claustrophobie, exactement le contraire du but recherché. Quand l'alcôve n'existe pas dans la configuration de la pièce, elle peut être créée artificiellement grâce à un cloisonnement astucieux de carreaux de plâtre. En effet, l'implantation de deux placards de rangement (ou cabinet de toilette) à chaque extrémité d'un même pan de mur donne naissance à un renfoncement central, la profondeur de celui-ci étant déterminée par celle des placards. Un rangement haut reliant ces derniers crée l'effet de plafond rabaissé et dessine l'alcôve qu'il ne reste plus qu'à décorer. Un tel agencement est très simple à réaliser et présente l'avantage de créer de spacieux rangements sur toute la hauteur de la pièce.

Un charme apprécié

Aimer les alcôves, c'est aussi en aimer l'esprit que l'on peut retrouver dans des agencements inspirés. Ainsi, ciels de lit et baldaquins, en enveloppant le lit, peuvent en évoquer le charme, à condition de retomber suffisamment de part et d'autre. Sans être de véritables alcôves, les lits clos ont eux aussi un charme désuet qui séduit toujours, en particulier les plus jeunes. Ces derniers apprécient en effet cet espace à leur mesure, sorte de petite maison protectrice dans laquelle ils se sentent parfaitement à l'aise. Les plus grands ont parfois du mal avec ces lits clos qu'ils jugent trop enfermant. Il est vrai que dormir dans un petit espace confiné est assez éloigné des habitudes actuelles qui tendent plutôt à rechercher toujours plus d'espace. La claustrophobie n'est jamais très loin ! Pour ceux que l'intimité d'un lit clos séduit, sachez que l'on en trouve de toutes sortes, ancien ou contemporain, et qu'il est assez simple d'en réaliser un soi-même, à la mesure de la pièce.

Réalisé sur mesure, ce charmant lit de petite fille s'implante sur de grands tiroirs de rangement toujours très appréciés dans une chambre d'enfant.

Originale, cette alcôve est déterminée par l'architecture des lieux. La courbe de la toiture enveloppe le coin sommeil valorisé par la création d'un podium.

DÉCORATION

Les alcôves

Très ancien, ce lit clos ne mesure que 1,87 m de longueur car nos ancêtres étaient non seulement plus petits mais dormaient parfois assis. Des courtines, sorte de voilages épais, fermaient le lit pour l'isoler du froid.

L'arrondi de l'alcôve répond à la courbe de la baie vitrée tandis qu'une frise réalisée sur mesure l'intègre à la décoration de la pièce.

Cette véritable alcôve implantée dans un renfoncement existant affirme son intimité en s'entourant de lourds rideaux qui se referment sur le lit à l'heure du repos.

La place du bureau

Une simple table peut composer un bureau satisfaisant pendant les premières années d'école, mais les rangements feront vite défaut au moment du collège et du lycée.

Créé dans un ancien atelier, l'appartement a dû s'adapter à la structure métallique existante, voire en tirer parti. Le bureau s'est ainsi astucieusement posé sur une poutre IPN qui lui sert de piétement.

Une simple tablette implantée dans l'angle du mur offre un bureau suffisant lorsqu'il s'agit de travailler ponctuellement, de classer quelques papiers ou d'écrire un courrier. Un large œil-de-bœuf lui offre une belle ouverture sur le séjour situé plus bas.

Parfois difficile à caser, le bureau trouve sa place dans une simple armoire équipée d'une tablette télescopique. En dehors des périodes d'utilisation, les portes se ferment, le fauteuil va se nicher dans un coin, et le bureau se fait oublier !

Quand il s'installe dans la chambre, le bureau doit avant tout être adapté à son utilisateur. Un très jeune enfant n'a évidemment pas les mêmes besoins qu'un lycéen ou un étudiant, de même que le bureau "familial" n'a rien de commun avec celui d'une personne travaillant à domicile. A chacun son domaine, à mettre en place en fonction de l'espace disponible.

La petite enfance

C'est l'âge du premier bureau, charmant et ludique. Consacré au dessin et aux travaux manuels de toutes sortes, il est peu exigeant en rangement. Quelques pots à crayons et des tiroirs à trésor suffiront au bonheur des plus jeunes. L'important est qu'il soit adapté à la taille de l'enfant. Il existe, bien entendu des meubles conçus pour les tout petits mais qui ont, aussi ravissants soient-ils, l'inconvénient d'avoir une durée de vie très courte, les enfants grandissant vite. Ces derniers les adorent, et leurs parents encore plus ! Cependant, l'idéal est de prévoir des meubles réglables en hauteur qui pourront les suivre dans leur croissance. Côté entretien, matériaux résistants et lessivables sont bienvenus. Côté sécurité, on évite ce qui pince ou coince et on se méfie des tablettes qui se rabattent un peu brutalement.

Les années d'étude

Du collège aux études supérieures, c'est la période la plus exigeante en terme de besoins. Livres, cahiers, classeurs et matériel divers s'accumulent et nécessitent de la place. Le plan bureau, si possible spacieux, s'additionne obligatoirement de rangements et d'étagères. Le bloc-tiroirs est incontournable pour y stocker la papeterie et le petit matériel. Finies les étagères anecdotiques destinées aux gadgets décoratifs, celles de l'étudiant doivent pouvoir supporter le poids des livres sans fléchir ni s'arracher du mur. Leurs fixations doivent donc être au-dessus de tout soupçon. Le temps passé devant le bureau est censé être assez important, il est donc important d'en soigner le confort : les hauteurs du plateau et du siège doivent être adaptées à leur utilisateur de façon à permettre une bonne position de travail. N'oublions pas qu'il s'agit d'adolescents en pleine croissance. Enfin, il est essentiel de soigner l'éclairage. Une lumière tombante orientable est tout à fait adaptée. Pensez seulement à fixer la source en fonction de la main d'écriture de l'enfant de façon à ce que l'ombre de celle-ci ne porte pas sur le papier : à droite pour un gaucher, à gauche pour un droitier.

Le bureau familial

La vie d'une famille engendre une quantité impressionnante de papiers de toutes sortes : contrats, factures, courriers, relevés de banques… qu'il est indispensable de classer et ranger. Par ailleurs, de plus en plus de foyers s'équipent d'un ordinateur, dit domestique, accompagné de son imprimante, voire d'un scanner. Sans exiger beaucoup d'espace, ils nécessitent ensemble un minimum de place que l'on peut éventuellement trouver dans la chambre. Le principe de "l'armoire surprise" est une solution pleine de ressources qui s'adapte à tous les styles. Il consiste à aménager l'intérieur d'une armoire de façon à y installer le nécessaire de bureau : une tablette télescopique, des étagères, des rangements intégrés dans les portes… Une fois les portes refermées, le bureau se fait complètement oublier. Ce principe peut aussi s'adapter à un renfoncement ou à un placard existant, les portes pouvant être remplacées par des rideaux.

Le travail à domicile

Quand le travail professionnel s'invite à la maison, il doit disposer d'un bureau équipé en fonction des besoins mais surtout toujours disponible : pas question de tablette escamotable ou rabattable. L'espace nécessaire dépend naturellement de l'activité pratiquée et l'installation dans la chambre n'est envisageable qu'en fonction de l'espace disponible. Attention, si la chambre est partagée, le temps de travail devra s'effectuer en tenant compte du conjoint : le travail nocturne peut s'avérer compliqué quand l'autre veut dormir !

TECHNIQUE

Le bruit

Implantée sous les toits, la chambre s'éloigne des bruits de la rue. Surmontant la maison, elle en subit moins les bruits intérieurs et ne risque pas d'être importunée par les bruits d'impact du voisin du dessus !

Entièrement habillée de lambris, la chambre s'offre une bonne isolation thermique et une isolation acoustique vis-à-vis des bruits de l'extérieur. Son confort sonore intérieur n'est par contre pas garanti, le bois laqué offrant une surface réfléchissante favorisant la réverbération des sons.

La chambre est sans doute la pièce dont on attend le plus de calme et de détente. Son confort acoustique repose sur une bonne isolation vis-à-vis des bruits extérieurs (circulation, avion, aboiements, cris, klaxon...), mais aussi vis-à-vis des bruits intérieurs (télévision, musique, conversation, lave-linge, chaudière, chasse d'eau, plus tous les bruits d'impact...). Pour que celle-ci soit efficace, il est utile de connaître la nature et l'origine des bruits ainsi que leur mode de propagation.

La nature des bruits

L'intensité d'un bruit s'exprime en décibels : à 0 dB on entend rien, à 100 dB, cela devient insupportable. Sa durée accentue la gêne provoquée, mais son éloignement fait décroître son intensité sachant que l'oreille humaine ne perçoit une variation qu'à partir de 3 dB. Deux bruits simultanés n'additionnent pas leur intensité, mais se couvrent et se complètent : deux fois 40 dB ne produisent pas un son de 80 dB mais de 43 dB. Parmi toutes sortes de bruits, on distingue les bruits aériens (circulation, conversation, télévision...), véhiculés par l'air qui nous entoure, des bruits solidiens (pas, chute d'objet, déplacement de meuble, chaudière, lave-linge...), transmis par la matière solide.

La propagation des sons

La propagation des bruits s'effectue à la fois par l'air et par la matière solide, ce qui complique la réalisation de l'isolation phonique. Comme la lumière, le bruit se propage à condition de trouver un cheminement que l'isolation a pour mission d'interrompre. Les ondes sonores ont également la capacité de se réfléchir sur les parois lisses, accentuant la sensation de bruit en augmentant la résonance de la pièce. La notion de ponts phoniques est très importante en

Une bonne isolation thermique n'est pas synonyme d'isolation acoustique, cette dernière étant plus complexe. Par contre, l'inverse est souvent vrai.

Les grandes hauteurs sous plafond, si séduisantes lorsque l'on recherche une sensation d'espace, sont de véritables caisses de résonance et risquent de nuire à l'intimité de la chambre en lui offrant une sonorité digne d'un hall de gare…

Les bruits d'impact peuvent aisément être réduits grâce à un choix judicieux de revêtements susceptibles d'absorber les ondes sonores. Le résultat sera d'autant plus satisfaisant si ces derniers sont mis en place sur une sous-couche adaptée.

matière d'isolation acoustique. On regroupe sous cette appellation tous les interstices, tous les passages par lesquels les sons sont susceptibles de se propager. Deux interrupteurs placés dos-à-dos réduisent l'épaisseur de la cloison et créent ainsi un pont acoustique. De même les canalisations ou les grilles de ventilation peuvent créer le même type de pont entre deux pièces.

Les principes de base

Une isolation acoustique parfaite est compliquée à réaliser, les bruits étant de type, d'origine, et de propagation divers. Quelques règles de base à respecter permettent cependant d'accéder à un résultat satisfaisant. En premier lieu, le bruit doit être traité au plus près de son origine afin de réduire sa propagation (isolation du lave-linge ou de la baignoire des murs et du sol, manchon isolant pour chaque canalisation traversant un sol ou un mur, patins isolants sous les pieds de meubles…). Les ponts phoniques doivent être éliminés sachant que le bruit passe où l'air passe. Les matériaux isolants et absorbants doivent être parfaitement mis en œuvre selon les notices du constructeur, sachant que seulement 1 % d'erreur met l'ensemble de l'isolation en question (alors que dans le cas d'une isolation thermique, 10 % d'erreur provoque 10 % de perte d'efficacité).

Le choix des matériaux

Il est important car il détermine en partie le confort acoustique de la pièce. Côté sol, on préfère une chape flottante en béton désolidarisée des murs. Un plancher en bois est posé sur des lambourdes isolées du sol existant par des plots en caoutchouc ou en feutre, et l'ensemble des revêtements de sol se met en place sur une sous-couche adaptée à leur nature. D'une façon générale, qu'il s'agisse des sols ou des murs, on privilégie les revêtements absorbants (souple, poreux, à relief) comme les textiles, les moquettes, voire certaines pierres poreuses qui réduiront la résonance de la pièce. Inversement, on évite les matériaux durs et lisses qui amplifient en plus les bruits d'impact et les carreaux de plâtre peu isolants.

CRÉDITS PHOTOGRAPHIQUES

Nous adressons nos remerciements à tous les fabricants et distributeurs, aux architectes et aux créateurs, et toutes les personnes grâce auxquels nous avons pu illustrer cet ouvrage.

H : haut / **B** : bas / **G** : gauche/ **D** : droite / **M** : milieu

Couverture photo Charly Erwin
1 photo Christian Larit/ conception Frédéric Vayr
2 photo Antonio Duarte
5 photo DR
6 photo Antonio Duarte/ architectes Studio Maréchaux
7 photo Philippe Louzon
8 photo Charly Erwin
10/11 photos Antoine Schneck
12 photo Patrick Smith/ architecte Pascal Servières
13 G Photos Yves Robic/ conception Christian Benitte ; **D** photo Bernard Ladoux
14 H photo Christian Larit ; **B** photo Philippe Louzon/ création Arthur Schalit pour Transes Lucides décoration.
15 photos Daniel Faure
16 photo Christophe Raynaud de Lage/ stylisme Catherine Cornille
17 photo Olivier Hallot
18 photo Philippe Louzon/ architecte Philippe Dard
19 H photo Christian Larit/ stylisme Catherine Cornille ; **B** photo Christian Larit
20 H photo Patrice Binet ; **B** photos Alexandre Rety/ objectif Bois
21 photo Alexandre Rety
22 photo Markus Schilder
23 HG photo Christophe Rouffio ; **HD** photo Gonzague Defois/ architectes Françoise et J-C L'hostis ; **B** photo Gonzague Defois/ architecte Philippe Suter.
24/25 Ikea
26 H photo Olivier Hallot ; **B** photo DR
27 H photo Olivier Hallot ; **B** photo DR
28 G photo Marc Loiseau/ architecte Alban Tollu ; **D** photo DR/ architecte Thierry Bernard
29 G photo Antonio Duarte ; **D** photo Hugues Lagarde/ architecte Robert Dallas
30 photo Antonio Duarte/ réalisation Aldo d'Alpino
31 photo Charly Erwin
32 photo Marc Boyer/ décoration Hervé Cluson
33 H photo Charly Erwin ; **BG** photo Antonio Duarte ; **BD** photo Philippe Louzon/ réalisation La cour du Tilleul
34 H photos Antonio Duarte/ architectes Sonia Laquerbe et Jean-Lou Morey ; **BG** photo Antonio Duarte/ architecte Frédéric Turpin ; **BD** photo Philippe Louzon
35 photo DR
36 G photo Daniel Faure ; **D** photo Gonzague Defois/ architecte Anne Prigent
37 G et **M** photos Antoine Schneck ; **D** photo Julien Clapot/ architecte Alban Tollu
38/39 photos Philippe Louzon/ architecte Frédéric Turpin
40 photo Charly Erwin
41 H photo Charly Erwin/ architecte Jean-François Charbonnier ; **B** photo Patrick Smith/ conception Architecture et design
42 G photos Patrick Smith ; **D** photo Yves Robic
43 G photo Antonio Duarte/ architecte Alban Tollu ; **D** photo Yves Robic
44 photo Christophe Rouffio
45 photo DR
46 H photo Antoine Schneck ; **B** AM-PM
47 photo Giseh Kan
48 H photos Yves Robic ; **BG** photo Bernard Ladoux ; **BD** photo Charly Erwin/ création François Ligori pour Pescatore
49 photo Christian Larit
50 G photo Frédéric-Léon Ducout/ réalisation Héléne Kergoat ; **D** photo Charly Erwin
51 G photo Patrick Smith/ conception TOV ; **D** photo Christophe Raynaud de Lage/ création Agnès Dorlanne
52/53 photos Didier Delmas/ création Bruno Tanquerel
54 photo Philippe Louzon
55 H photo Antonio Duarte ; **B** photo M. Horriot
56 G photo Juliette D'Assay ; **D** photo Patrice Binet/ architecte Yves Marchi
57 G photo Philippe Louzon/ architecte Philippe Prévot ; **D** photo Philippe Louzon
58 G photo Julien Clapot/ architecte Alban Tollu ; **D** photo yannick Fagot
59 photo Luxaflex
60 H photo Charly Erwin ; **B** photo Philippe Louzon/ déco Matahati
61 H photo Christophe Rouffio/ création Richard Goullet ; **B** photo Yves Robic
62 H photo Charly Erwin ; **B** photo Philippe Louzon
63 photo Charly Erwin
64 G photo Charly Erwin ; **D** photo Christophe Rouffio
65 G photo Christophe Rouffio ; **D** photo Charly Erwin
66/67 photos Gonzague Defois/ architecte Anne Prigent
68 photo Antonio Duarte/ Architecte Frédéric Turpin
69 H photo Yves Robic ; **BG** photo Philippe Louzon ; **BD** photo Bernard Ladoux/ architecte Thierry Bernard pour Equal
70 photo Philippe Louzon/ architecte Lecaron
71 H photo Charly Erwin ; **B** photo Fly
72 photo Yves Robic/ conception et réalisation Norbert Journo
73 photo Philippe Louzon/ architecte Lecaron
74 H photo Luxaflex ; **B** photo Christian Larit
75 H photo Jacques Caillaut/ architecte Guillaume Cochin ; photo Luxaflex
76 H photos Charly Erwin ; **B** photo Antonio Duarte/ architecte Frédéric Turpin
77 photo Charly Erwin
78 G photo Gonzague Defois/ architecte Anne Prigent ; **D** photo Christophe Rouffio
79 G photo Gonzague Defois/ conception cabinet d'architecture Allibert-Boudignon/ réalisation Pierre Mermet ; **D** photo Charly Erwin
80/81 Ikea
82 photos Philippe Louzon/ architectes Stimulus Architecture
83 photos Philippe Louzon
84 G photo Alinéa ; **D** photo Dulux Valentine
85 G photo AM-PM ; **D** photo Christophe Raynaud de Lage
86 H photo Olivier Hallot ; **B** photo Patrick Smith
87 photo Christophe Raynaud de Lage
88 H photo Charly Erwin ; **B** photo Frédéric-Léon Ducout
89 photo Markus Schilder
90 HG photo Patrick Smith ; **HD** photo Charly Erwin ; **BG** photo Patrick Smith ; **BD** photo Ikea
92 G photo Charly Erwin ; **D** photo Christian Larit
93 G photo Alinéa ; photo Ikea
95 photo Patrick Smith/ architecte Marc Anselm
96 photo AM-PM
4e de couverture photo Vincent Thibert/ conception Bruno Tanquerel

massin

16/18, rue de l'Amiral-Mouchez – 75686 Paris Cedex 14.
Tél. 01 45 65 48 48.

Conception graphique : Tristan Duhamel
Gravure : RVB Éditions
Imprimé en France par IME - Baume-les-Dames (25)

ISBN : 2-7072-0480-3